徳間文庫

斬馬衆お止め記 上

御《み》盾《たて》

上田秀人

徳間書店

目次

第一章　戦国の残

一

松代真田家《まつしろさなだけ》十三万石の居城は、松城と称されていた。本丸と続きの二の丸、三の丸、花の丸を堀で完全にしきった難攻不落の名城であった。

「おいっ、鍵が壊されているぞ」

毎朝の見回りをおこなっていた城代組番徒士《かち》が、驚愕《きょうがく》した。

「盗賊か……なかを」

あわてて徒士たちが、扉を開けた。櫓《やぐら》のなかに納められているものは、鉄炮《てっぽう》や弓、槍《やり》などの武具が主である。戦がなくなり、物置として使われ始めていたとはいえ、櫓はもともと武具庫として使われていた。

真田家では、櫓一つに鉄炮五十挺《ちょう》、弓三十張り、槍二十本を保管していた。

「なくなっているものはなさそうだが……」

徒士たちは、怪訝《けげん》な顔で報告した。

「他の櫓も調べよ」

城代家老の命で、城すべての櫓に藩士が走った。

「やはり鍵は壊されておりますが、盗《と》られたものはございませぬ」

「みょうな」

調査の結果を聞いた城代家老は、すぐに江戸へと使者をたてた。

「そうか」

報《しら》せを受けた松代藩真田家当主信之《のぶゆき》は、表情も変えなかった。

「領地へ手出しをしてくれたか。いや、下準備かの。幕府もしつこいことよ。いまさら真田をどうこうしてもいたしかたないであろうに。執政の憂さ晴らしで潰《つぶ》されてはかなわぬ。神祇衆《じんぎしゅう》を呼び戻すか」

一人になった信之がつぶやいた。

「もう一手打っておくか。幕府の目を集めるだけにしか使えぬかも知れぬが、隠密《おんみつ》の注意を引ければ、使い捨てにするもよし」

信之の目が冷たく光った。

刀の手入れは、しごく面倒なものであった。

まず拭《ぬぐ》い紙を使って、刀身保護のために塗っていた古い油を取り除くことから始めなければならない。二つ折りにした拭い紙の谷を刀剣の峰へあて、鍔元《つばもと》から切っ先までゆっくり何度も何度も繰り返して、油を取り去る。

続いて砥石《といし》を砕いて作った打ち粉を、刀身全体に軽くつけ、新しい拭い紙で拭きあげていく。一度拭いては光にかざし、油が残っていないかどうかを確認し、曇りのなくなるまでおこなう。そのあともう一度油を薄く掃いて、鞘《さや》へ戻すのだ。

太刀でもかなりの手間を必要とする手入れである。全長一丈（約三メートル）、刃渡りだけで七尺（約二・一メートル）をこえる大太刀ともなると、まさに半日がかりであった。

「弥介《やすけ》」

「へい」

斬馬衆《ざんばしゅう》仁旗伊織《にきいおり》が差しだした鞘を、弥介が摑《つか》んだ。

「鯉口《こいぐち》きるぞ」

「どうぞ」

伊織の持つ大太刀の重さはじつに五貫（約十九キログラム）に達する。鯉口をきることも一人では難しかった。

「ぬん」

柄《つか》をこじるようにする伊織にあわせて、弥介が鞘を引いた。刃を上にして大太刀を、伊織は水平に保持した。

「切っ先、ご注意を」

「わかっておる」

弥介の忠告に、伊織はうなずいた。いかに一寸（約三センチメートル）の肉厚を誇る大太刀とはいえ、切っ先は薄い。落として床で打つなどすれば、刃先に欠けが入りかねなかった。

柄だけで支える形にならざるをえない伊織は、大太刀の重さに手が震えた。

「鞘、はずしましてございまする」

「拭いを」

鞘を床に横たえた弥介が、懐《ふところ》から拭い紙を取りだして、横たえられている刃の下へと身体を入れた。

「どうぞ」

「………………」

ゆっくりと伊織は太刀を降ろした。峰が弥介の肩に乗った。刃渡りの中央あたりで、弥介は太刀を受け止めながら、手を伸ばして拭い紙を使って、刀身を磨いた。

「ご遠慮なく」

肩への負担を考えて、太刀を支えている伊織に、弥介が言った。

「そういうわけにもいくまい。なにせ、二人で一つの役目だからな。おぬしだけにつらい思いをさせては、気が悪い」

伊織は苦笑した。

仁旗伊織の役目、斬馬衆とは、信州松代真田十三万石独特のものであった。役目の起源は戦国にまでさかのぼる。

戦国の終わり、仕えていた武田家の滅亡を受けて真田は、織田、豊臣、北条、上杉、徳川の間を渡り歩いた。

庇護《ひご》を受けねば生き残っていけない小領主の哀しさであったが、初代真田安房守《あわのかみ》昌幸《まさゆき》はひどかった。武田家滅亡の直後、織田家に臣従した真田昌幸は、本能寺の変で信長が横死すると、北条氏直《うじなお》へ属した。しかし、誘いをうけると北条を裏切り、徳川家康のもとへついた。だが、徳川北条の和睦の条件としておのれの領地がやりとりされたことに反発、上杉景勝《かげかつ》へと走った。その後上杉から豊臣へと籍を変え、昌幸は秀吉の家臣としてようやく落ちつくことになった。

ここまで主君を替えると、見かぎられた形となった大名たちから、当然のことながら憎まれることになる。

とくに徳川と北条にはにらまれた。

裏切られた両者が手を結んで、真田へと攻めてきた。

大大名に頼らねば生きていけない真田の兵力は少ない。上田と沼田、二カ所の兵をあわせても五千出せるかどうかなのだ。城を守るための兵を割けば、実質戦える人数は三千ほどしかない。それで万をこえる敵を追いはらわなければならない。まともな戦いかたで勝てるはずなどなかった。

謀将として名高かった昌幸は、罠《わな》などを利用して、よく敵を防いだ。

かといって、衆寡敵せずは真理である。今はしのげても、いずれは耐えきれなくなる。昌幸は有力な大名との関係を続けながら、新たな手段を考案した。

「陣を破られては終わりじゃ」

昌幸は、最後の手段として家臣のなかでもとくに膂力《りょりょく》に優れた者を選びだし、大太刀を持たせて本陣の前に置いた。これが斬馬衆であった。

　斬馬衆の役目は、本陣まで突っ込んできた敵の騎馬武者を止めることであった。足軽によって固められた陣形を崩すのは、いつも騎馬武者の突撃であった。

　武田家にいた昌幸は、その恐ろしさを十分に知っていた。鉄炮が登場し、戦いに変化が訪れたとはいえ、騎馬による侵攻は本陣をあっという間に蹂躙《じゅうりん》し、勝負を一気につける。

　騎馬がそろってのものでなくとも、たとえ一騎がけとはいえ兵たちに与える恐怖ははかりしれない。

　昌幸は騎馬を止めるために、斬馬衆を設けた。

　斬馬衆は、本陣に危機が迫らないかぎり、戦に参加することはなく、ただじっと控えているが、一度騎馬武者の接近ともなれば、大太刀を抜いてその前へ立ちふさがるのが役目であった。

　もちろん、大太刀を使って武者を騎馬の首ごと両断するわけではなかった。重い大太刀の威力は、容易に鎧《よろい》を破壊したが、馬の首を斬《き》りとばすことは難しかった。

「武者を狙うな」

　昌幸は斬馬衆に厳命した。

「馬の足を斬れ。足を失った馬は倒れる。乗っている武者は、馬が転べば、地面に投げだされるしかない。そこを介添えが襲え」

知謀湧くがごとしと怖《おそ》れられた昌幸の発案であった。

介添えとは、斬馬衆と組む足軽のことである。斬馬衆の添え役として控え、大太刀を抜く手助けをするだけでなく、落ちた武者へ止《とど》めを刺すのが役目であった。

「介添えの手柄は、斬馬衆の手柄ぞ」

これは斬馬衆を馬の足を斬ることに専念させるためであった。大太刀を振るった斬馬衆が、手柄だと落ちた武者へ気を取られては、次の騎馬への対応に遅れてしまう。昌幸は徹底して斬馬衆を盾とした。

こうして生まれた斬馬衆だったが、実際の戦闘で大太刀を抜くこともなかった。真田昌幸の戦いは、終始少数で多勢を翻弄するものであり、ついに敵軍と正面から戦うことはなかった。

正面決戦どころか、天下分け目の関ヶ原で、真田家は二つに分裂してしまった。昌幸とその次男幸村《ゆきむら》が豊臣方に残ったにもかかわらず、長男信之は家康へと与《くみ》したのだ。家康に従って関ヶ原へ参戦した信之と、信州上田城へ籠《こ》もって中山道《なかせんどう》を登ってくる徳川秀忠の軍勢を迎え撃った昌幸、両軍のもとに斬馬衆はいたが、出番はなかった。

三万の敵を足止《あしどめ》した昌幸の活躍は、面目を果たしはしたが、戦の結果を変えるまでには到らず、家康の勝利で終わった。

「どちらに転んでも、真田の血は残る」

謀略家として知られた昌幸が取った苦肉の策と言われた分割のお陰で、信之の率いた真田は生き残り、徳川幕府の外様《とざま》大名として存在できた。

斬馬衆も世襲の松代藩士として存続したが、無用の長物を絵に描いたような役目は、だんだん軽視され、他役へ転じられて数を減らし、今では仁旗と大幡《おおはた》の二家を残すだけとなっていた。

戦巧者の昌幸から選ばれて斬馬衆とされただけに、仁旗の先祖は家中で聞こえた武者であった。斬馬衆となる前、北条との戦いでは、なんども首をあげていた。しかし、先祖の武功が自慢だった時代は、すでに遠くなっていた。

「お役目、ご熱心でなにより」

「刀を一日磨いて、禄をいただく。さすが武門の誉れ高い斬馬衆でござるな」

「若、ご辛抱を」

真田家上屋敷に与えられた一室で、大太刀を手入れする伊織へ皮肉が浴びせられた。

「わかっておる」

弥介が、小声でなだめた。

「…………」

毎日繰り返される嫌みにも伊織は無言で耐え、弥介も軽く黙礼をするだけで、けっして相手にはならなかった。


戦国を生き残るため一致団結した真田の家風も、ほつれが目立っていた。

徳川のもとに統一された天下で、外様大名の肩身は狭い。とくに二代将軍となった秀忠にぬぐい去れない恥を与えた真田に風当たりはきつかった。

もちろん、秀忠に敵した昌幸率いる真田は滅んだ。しかし、その血を引く上田藩への冷遇は理不尽なものとはいえ、続いていた。

家康が天下の主であった間はよかった。家康は信之をかわいがり、徳川四天王の筆頭ともいうべき酒井忠勝を松代から越後鶴岡へ転じて、そのあとを与えるなど、厚遇してくれた。

それも家康が生きていればこそであった。元和《げんな》二年（一六一六）、家康が死去すると、てのひらをかえすように扱いが悪くなった。

目の上のたんこぶであった偉大な父家康がいなくなった秀忠は、抱えていた不満を爆発させるように無理難題をなんども真田に命じ、その力を削《そ》いだ。

お手伝いと銘打った強制の賦役《ふえき》であった。江戸城新堀普請を皮切りに、朝鮮通信使接待の補佐、西の丸石垣破損修復、江戸市中堀浚《さら》いと、二十年ほどの間にこれだけの用を押しつけられた。

三代将軍家光の代となっても幕府のやりかたは変わらなかった。なにかあれば真田に命じてきた。

「ついに尽きたか」

信之がため息をついた。

「はい。蔵にはもう二千両もございませぬ」

苦い顔で勘定奉行が報告した。

たび重なるお手伝い普請の費用は、担当させられた大名の負担であった。石高以上の支出が続けば、貯えを切り崩さなければならなくなるのは当然のことである。

昌幸の時代からひそかに貯えてきた軍資金十万両が底をついた。

万一のおりには、幕府相手に一戦できる。抑えつけられた外様藩士たちの支柱であった軍資金がなくなった。

戦国を生きた侍たちは、戦に重要なのが度胸でも武術でもないことを知っている。

なにより金なのだ。金がなければ鉄炮をそろえることも、米を貯えることもできない。金のない戦は勝てないのだ。

藩財政の逼迫《ひっぱく》は、藩士たちから気概を奪い、真田家の雰囲気は年々悪化していた。

「このままではいかぬ」

永禄九年（一五六六）生まれの信之は、今年寛永十四年（一六三七）で七十二歳となっていた。本来ならば、息子に代を譲ってもおかしくはない年齢であった。跡継ぎの信政もすでに四十一歳と立派に成人している。能力になんの問題もない信政に代を譲れないのはただ一つ、信之の持つ家康の娘婿という看板を下ろすわけにはいかないからであった。このお陰で真田は生き残っていられると言ってまちがいなかった。

「いかがいたしましょう」

勘定奉行に代わって、家老木村《きむら》縫殿之助《ぬいどのすけ》が問うた。

一枚岩なればこそ、真田家は幕府の大名取り潰しから逃れることができた。藩の内紛につけこまれ、潰された大名など枚挙にいとまがないほどある。徳川にとって島津、前田、伊達《だて》、上杉、毛利の次に邪魔な真田なのだ。取り潰すための手は何度も伸ばされてきた。

持ちこたえたのは、信之の手腕と親交のあった会津藩主保科《ほしな》正之《まさゆき》のお陰であった。

家光の異母弟である保科正之は会津に転封《てんぽう》される前、高遠《たかとお》藩主であった。その高遠と上田は境を接していたこともあり、つきあいが深かった。

保科正之最大の手助けは、寛永十一年（一六三四）、支藩沼田真田家三万石の藩主で、信之の長男信吉が急死したおりのことである。

信吉が死んだとき、跡継ぎの熊之助はまだ三歳になったばかりであった。

「藩政を担うに幼すぎる」

過去、幕府は跡継ぎが小さいという理由だけで、藩を改易したり、減封や転封にしてきた。

沼田真田家も危うく潰されそうになった。

「神君家康さま、ご昵懇《じっこん》の家柄でござれば」

保科正之は、こう言って真田家をかばった。支藩ならばいたしかたないというわけにはいかなかった。沼田と松代は真田にとって表裏一体である。その沼田が取りあげられ、そこへ譜代大名が配されれば、絶えず隣から監視されている状態となる。それだけではない。場合によっては隣が、一揆を煽動《せんどう》したり、もめ事の火をつけかねないのだ。

それを保科正之が助けてくれた。もちろん、信之は幕閣の要路にしっかりと金を撒《ま》くことも怠りはしなかった。

「家康さまの信頼厚き信之の孫とあれば、このたびは見逃してくれよう」

実父秀忠から嫌われ、祖父によって三代将軍となれた家光は、家康の名前を崇拝している。家光の性格を的確に見抜いていた保科正之のお陰で真田家は最大の危機を乗りこえていたが、幕府から狙われ続けている状況に変わりはなかった。

逼迫する藩財政と幕府の陰謀に、信之は苦悶《くもん》していた。倹約するべきはおこない、新田の開発も進めている。しかし、それ以上に金は出ていった。

沼田を助けるために使った費用が重くのしかかっていた。

「借金とはここまできびしいものか」

真田藩は領地と江戸の商人から巨額の金を借りていた。

やむをえないことであったし、収穫から出費を引いた残りで、数年かければ返済できるはずであった。そこへ幕府のお手伝いである。借金の元金を返す余裕はなくなった。返せなければ利子が付く。その利子には、さらに利子が付くのだ。

「このままでは、藩がたちゆきませぬ」

勘定奉行が匙《さじ》を投げた。

「藩士の禄を借りあげるか、いくばくかの者を解き放つか、いたしませぬと」

「それはならぬ」

提案を信之が否定した。

「真田家は昌幸さまの代より、家中をたいせつにするが家風ぞ」

「なれど、それでは、金が足りませぬ」

泣くような声で、勘定奉行が言った。

「ここでお手伝いを命じられれば、終わりでございまする。金を貸してくれる商人もなく、年貢は三年先まで抵当になっておりまする」

「お手伝いがなければ、どうにかなるのだな」

「せめて十年、いえ五年、お手伝いを避けられれば、なんとか借金を半減できまする。さすれば、利子が減り、しのげるかと」

「わかった。お手伝いをどうにかするしかないな」

信之が首肯した。

「できましょうや。留守居役に渡せる金もございませぬ」

勘定奉行が首を振った。

留守居役とは、藩と幕府との交渉役であった。幕府の役職にある者と誼《よしみ》を通じ、いろいろなことを先んじて教えてもらうのが役目である。

「東海道の道普請のお手伝いが検討されておる」

たとえば、こう役職にある者から耳打ちされた留守居役は、そのお手伝いが自藩へ押しつけられないよう、動くのだ。要路に金を渡したり、役職者を招いて酒食をさせ、女を抱かせる。ありとあらゆる手だてを使って、幕府の圧迫をやわらげるのが留守居役の仕事であっただけに、普段からのつきあいが大きくものをいった。当然留守居役が使う金は、遊興か賄《まいない》であり、形あるものを残すこともなく、巨額に及んだ。

「わかっておる。留守居役に頼りはせぬ。いや、留守居役に任せたればこそ、こうなったのであろう」

信之が苦笑した。

真田家の留守居役がどれだけ金を遣っても、幕府にその気がなければまったくの無駄であった。

幕府は真田家を潰すと決めている。ただ、その理由がまだないだけなのである。

「かと申して、いつまでも余がやるわけにもいかぬ。余も七十をこえた。いつ冥土《めいど》へ旅だったとしてもおかしくはない」

「殿、なにを……」

木村縫殿之助が、顔色を変えた。

「まだまだ殿には、お気張り願わねば、藩がもちませぬ」

「縫殿之助よ。余は不死ではないぞ。そろそろ荷を降ろさせてくれぬか」

ゆっくりと信之が言った。

「なにより信政を鍛えねばなるまい。儂《わし》一代で真田を終わらせていいのならば、このままでもすもうが、そうはいかぬ。沼田と上田は真田が先祖の血を流して購《あがな》った地ぞ。けっして徳川どのからいただいたものではない。子々孫々まで真田の地。わかるな」

「さようでございまするな」

言われた木村縫殿之助も同意した。

「今後、藩政のいっさいは信政に一任する」

「承知つかまつりましてございまする」

「と申したところで、いきなりは荷が重かろう。縫殿之助、うまく助けてやってくれ」

「できるかぎりのことはいたしまする」

木村縫殿之助は受けた。

「すまぬな。憎まれ役を押しつけることになる」

老父の顔となった信之が、木村縫殿之助に詫《わ》びた。

「祖父への恨みはここまで深いか」

父信之から幕府への対応を任された信政は、独りごちた。

「将軍が無能の烙印を押されたのだ。たしかにたまらぬだろうな」

三万の軍勢が、わずか千五百の兵を倒せなかった。神君と讃《たた》えられた家康でさえ、七千で三千の昌幸に負けたのだ。秀忠が勝てなくても非難されることはない。しかし、ときが悪かった。徳川が豊臣に代わって天下を手にするかどうかの瀬戸際、関ヶ原の合戦なのである。しかも、豊臣に与する兵力が勝っている。秀忠率いる三万の軍勢が、決戦に加わるかどうかは、じつに大きい。家康の跡継ぎとしての地位を確立したい秀忠にとって、真田昌幸ごときは、鎧袖一触《がいしゅういっしょく》で蹴ちらせなければならない相手であった。いや、格が違うと、まったく歯牙《しが》にもかけず無視して行くべきであった。

だが、行きがけの駄賃とばかり手を出した秀忠は、昌幸の策にはまり、天下分け目の合戦に遅刻した。

戦に負ける将は多い。勝負は時の運ともいう。織田信長も、豊臣秀吉も、そして徳川家康も敗戦の経験がある。

しかし、遅刻した将はいない。

天下分け目の合戦に間に合わなかった。

激怒した家康から目通りを禁止され、関ヶ原の勝利に貢献した将たちから嘲笑《ちょうしょう》された秀忠は、恨みを真田昌幸へと向けた。

秀忠の恨みを昌幸が受け止めていればまだよかった。関ヶ原の後改易された昌幸は、次男幸村とともに高野山へ流され、客死した。つまり、秀忠の手の届かないところへと行ってしまったのである。さらに昌幸の負を受け継ぐ幸村も、大坂冬の陣で家康の手で討たれてしまった。

ぶつける相手を失った秀忠の恨みは、生き残った真田へと向けられた。

なんとか、今まで防ぎきった真田家ではあったが、その代償は大きかった。

「戦う金がなくなったというか」

思案している信政のもとへ、木村縫殿之助が面会を求めてきた。

「勘定奉行より話をさせていただいたかと存じまするが、人減らしの件にございまする」

「その話は父上も否定されたではないか。真田は人を捨てぬ。血を流してくれた先祖への礼儀ぞ」

信政は、不快だと告げた。

「藩中で無用な者といたしまして、まず第一にあげるべきは、斬馬衆でございまする。斬馬衆は、戦国なればこそ役に立ちまする。泰平の世においては、まったく無用。大太刀を磨くだけの役目など不要でしかございませぬ」

信政の意思を無視して木村縫殿之助が続けた。

「人減らしはおこなわぬ」

もう一度信政は拒否した。

「刀の手入れだけならば、研ぎ師に任せれば、一両ほどですみましょう。月に一度手入れを命じたとして、年に十二両、石高になおして二十石ほど。斬馬衆と足軽の禄は、その数倍でございまする」

淡々と木村縫殿之助が話した。

「俸禄と仕事に割が合わぬ。そう、役に立たぬと申すのならば、そなたも同様であろう。藩の窮乏がきわまるまで、何一つ満足な手を打てなかったではないか。他人に失政のつけを回すならば、まず、そなたから去れ」

信政は、木村縫殿之助を叱った。

「斬馬衆ごときと、わたくしをお比べになられますか。ふつつかながら家老の職をお預かりするわたくしめの家は、真田家始祖幸隆さまよりお仕えする譜代中の譜代。功績では、群を抜いておりまする」

　木村縫殿之助が言い返した。

「それがどうした。わが真田の窮迫は、戦国の話ではない。今のことじゃ。かつての功績など、何の役にも立たぬ」

　反抗されて激昂《げっこう》した信政は、さきほどと逆のことを口にしていることに気づいていなかった。

「若殿、日夜藩政に苦心しておりまするわたくしより、大太刀を磨くしか能のない斬馬衆がたいせつだと仰せか」

　負けじと木村縫殿之助も怒った。

「そもそも斬馬衆は、戦の折に本陣を守る最後の砦《とりで》としてもうけられたもの。今、真田の本陣を脅《おびや》かす者などおりませぬ」

「……真田を脅かす者ならおるぞ」

　信政は声を潜めた。

「誰でございまする」

「御上よ」

「なんということを」

敵は幕府だと言われた木村縫殿之助が驚愕した。

「そのようなことを口にされて、他人に聞かれでもしたらどうなされまするか」

「表で言うものか」

注意を受けた信政は、そこまで馬鹿ではないと答えた。

「屋敷のなかといえども、ご油断は禁物でございまする」

木村縫殿之助の表情が一変していた。

「幕府は、あちこちの大名屋敷に伊賀者を放っておりまする。この屋敷にも入り込んでおらぬとはかぎりませぬ」

「忍が、上屋敷の奥まで来ていると言うか」

信政は天井を見上げた。

「気配がわかるようならば、忍とは申せますまい」

「それもそうか」

言われて信政は、目を戻した。

「それだけではございませぬ。藩内には草と呼ばれる幕府の隠密が住み着いているとの噂もございまする」

さらなる衝撃を木村縫殿之助が告げた。

「藩士のなかに幕府と通じている者がおると。それは誰じゃ」

「わかりませぬ。わからぬから怖いのでございまする」

家老が首を振った。

「そのような疑いのある者を、なぜ仕官させた」

「わたくしどもが迎えたのではございませぬ。我が藩に新たな者を雇うだけの力がないことは、若殿もよくご存じでございましょう。殿さまの御代《みよ》から入り込んでおるのでございまする」

「父上が召し抱えた者のなかに、幕府の隠密がいると」

「さようでございまする」

ゆっくりと家老が説明した。

「殿さまの奥方さまは、徳川四天王の筆頭、本多中務大輔《なかつかさたいふ》忠勝さまがご息女。お輿《こし》入《い》れのおりに本多家より、十数名が付き人として当家に移籍いたしましてございまする」

「それはいたしかたないことではある」

戦国時代、嫁は一種の人質であった。両家が仲違いしたとき、妻はまっさきに見せしめとなるのだ。当然、嫁に来た女へのわだかまりは存在している。そこへ娘を差し出すことになる親が、せめてもの助けにといくばくかの家臣や侍女をつけるのは、情けであり、それを拒むことは、狭量として嘲《あざけ》られることになりかねない。いわば、知ったうえで隠密を受け入れるのである。

もっとも、つけられる家臣たちの禄は、実家が負担し、嫁に入った娘が子をなせば、実家である藩へ戻ると決まっていた。それも今は変化している。移籍した家臣は、そのまま家中に加えられ、禄も嫁入り先から与えられることになった。

「そこにいるのか」

「だけではございませぬ。天下が徳川のものとなってより、たびたび老中方やお歴々の旗本衆より、仕官の斡旋《あっせん》があり、やはり十名ほどを受け入れておりまする」

「あからさまではないか。なぜに断らぬ。父上ともあろうお方のなされたこととは、とても思えぬ」

幕府の思惑など赤子にでもわかる。信政はあきれた。

「若殿、ご無礼ながら申し上げまするが、それはちと裏を読まれなさすぎでございまする」

初老の木村縫殿之助が、歳下《としした》の信政をたしなめた。

「裏だと」

「はい」

　木村縫殿之助が穏やかな声で語り始めた。

「幕府から勧められて引き受けた者は、まちがいなく隠密として送りこまれてきたのでございまする。しかし、わかっておるからと拒絶いたせば、なにかやましいことがあるのだろうと、かえって疑念をいだかせるだけ。当家にはなにも後ろ暗いところはないので、隠密などいくらでも受け入れますぞと表明いたさねばならぬのでございまする」

「……身中にわざと虫を飼うか」

「そうせざるを得ませぬ。すでに天下は徳川家のものと決しておりますれば、真田だけが反旗を翻したところで、どうにもなりませぬ。いえ、たとえ加賀の前田、薩摩の島津、仙台の伊達、米沢の上杉、長州の毛利が組んだとしても、無理でございましょう。兵力の差がありすぎまする。徳川家の所領だけでおよそ四百万石、そこに譜代大名たちが加われば、六百万石をこえまする。外様大名すべてをあわせたところで、およびませぬ」

「端《はな》から勝負にならぬと」

「さようでございまする。戦って勝てぬのならば、生き残るためには、いわれるがままにいたすしかありませぬ」

「……無理難題も受けるしかない」

「はい」

「しかし、あまりではないか。松代は十三万石ぞ。表高で実際は少し多いとはいえ、十五万石には届かぬ。家臣たちへの禄、国元江戸表での費用を引いた残りなど、一年に三千石あるかないかじゃ。いっぽう、お手伝いはどう安く見積もっても数千両から数万両かかる。江戸城の堀浚いでさえ、三千両からかかるのだぞ。お城の修復など命じられれば、二万両は確実にかかる。五公五民として、年収七万石もない藩に数万両の仕事を何度もさせるなど、飢え死にせいというも同じではないか」

信政は不満をあらわにした。

これは一人真田だけのものではなかった。関ヶ原直後から天下人として振る舞いだした家康は、豊臣恩顧の大名たちに命じて、名古屋城、江戸城などを普請させた。そのあまりの過酷さは、福島正則ほどの者にさえ、音をあげさせた。

「徳川内府どのは、我らを家臣とまちがえておるのではないか。こうたびたび普請を命じられてはたまらぬ」

「ならば、国元へ帰り、国境を閉じ、武具を整え、籠城《ろうじょう》の用意でもするのだな」

福島正則の愚痴に、加藤清正が冷たい口調で応えた。

「関ヶ原で内府どのを担いだのは、我らじゃ。大恩ある太閤さまの一粒種、秀頼さまを裏切ってな。いくら石田三成憎しが原因《もと》といえども、泉下で太閤さまに合わせる顔はもうない。己がまいた種は己しか刈れぬ。我らは終生耐えなければならなくなったのだ。それが我慢できぬというなら、戦って滅びよ。ただし、市松、おぬしが徳川へ反旗を翻すというなら、儂が先手をつとめることになるぞ」

市松とは福島正則の幼名である。元服前から秀吉のもとで育った福島正則と加藤清正は、どれだけ身代が大きくなろうとも、互いの幼名、市松、虎之助で呼び合うほど親しい。なればこそ福島正則は愚痴を言い、加藤清正がそれへ忠告したのだ。

しかし、忠告もむなしく、福島正則は改易となり、加藤清正の熊本藩も息子忠広の代に断絶となった。

他にも徳川幕府による外様大名取り潰しの被害は大きく、改易された藩の総石高は数百万石をこえた。

そんななかで真田家が生き残れてきたのは、一つに初代信之の深慮遠謀と、長命にあった。養女とはいえ、家康の姫を嫁に迎えた信之は、徳川にとって一門である。ほかの外様大名たちへ用いた強引な手法は使えなかった。

「事情はわかった。だからといって、このままにしておくわけにはいかぬ」

父信之の苦労を見て育ったのである。信政には、状況を把握するだけの能力があった。

「若殿。念のために申しあげまするが、我が藩の求めるべきは、金でございまする。幕府と対立することではありませぬ」

跡継ぎへ木村縫殿之助が無茶はするなと忠告した。

「わかっておるわ。ようは、我が藩に命じられるお手伝い普請を減らせばよいのだ。そうすれば、新たな借金をせずともすみ、元金を返すこともできるようになる」

「それはその通りでございまするが。毛を吹いて疵《きず》を求めることになっては、元も子もございませぬぞ」

「懸念いたすな。ようは、我が藩の弱みを幕府へつかまれねばよいのであろう。弱みさえなければ、お手伝い普請を命じられたときに、抗弁できよう。すでに真田家は他家の数倍、将軍家へ尽くしておりまするとな」

「若殿……なにをお考えでございまするか」

木村縫殿之助の目の色が変わった。

「さきほど斬馬衆を無用と言ったの」

「たしかに申しました。まさか、斬馬衆に隠密の相手をさせるおつもりではございませんでしょうな。斬馬衆は、本陣に騎馬が攻め来たとき立ちはだかる者。いわば正々堂々と勝負を挑んできた者への対抗でござる。とても姿の見えぬ隠密へ対処などできませぬ」

「なにを申す。今こそ本陣の危機ではないか。真田家は度重なるお手伝い普請で、外堀を埋められ、二の丸、三の丸を失った裸城同然ぞ。しかも、最後に残った本丸へ敵が近づいておる。まさに本陣倒壊の瀬戸際。このときに出ねば、斬馬衆の意味などない。断れば、斬馬衆を廃止すればよい」

興奮した信政は、当初の人を減らさぬとの考えを捨てた。

「斬馬衆を呼べ」

「若殿……承知いたしました」

信政の決意が固いことを知って、木村縫殿之助が下がった。

二

大太刀の手入れは、三日に一度。中子《なかご》まで開けての調整は月に一度と決まっている。

ただ、戦国の名残で斬馬衆は、連日城中に詰めることとなっている。かつて斬馬衆が何人もいたときは、交代できていたが、江戸に一人、国元に一人となった今、仁旗伊織は毎日上屋敷の一室で過ごさなければならなかった。

「なにもすることがないというのも、つらいな」

伊織は嘆息した。二年前、父の死によって斬馬衆の役目を引き継いだ伊織は、ようやく二十四歳になったばかりである。夜明けから日没まで、じっと座っているのは苦手であった。

「ご辛抱なされませ、父上さまは、二十年、この部屋でつとめられたのでございますぞ。ときというのは、誰にでも均等に流れてくれまする。じっとしておられれば、一日などあっという間」

介添え役の弥介が、伊織を慰めた。

斬馬衆と介添え役は、特別な関係であった。通常足軽は藩に属する。組屋敷で生活し、定められた役目をこなす。しかし、介添え役は違った。禄が藩から給されるのは同じだが、斬馬衆と同居し、つねに行動をともにする。そして、なにより大きな差は、斬馬衆同様世襲であった。

弥介は今年で三十五歳になる。伊織が生まれたときから、二十四年間ずっと一緒にいたといっていい。となれば、気心が知れるどころではなかった。伊織にとって弥介は、兄のようなものであった。

「吾もここで父と同じように、老いて死んでいくことになるのか」

伊織は、うんざりとした顔を見せた。

「いけませぬぞ。若。そのようなことを口にされては。誰が聞いておらぬともかぎりませぬ」

「陣太鼓奉行、お旗奉行と並んで、閑職の最たる斬馬衆の話など、盗み聞きするだけの値打ちもないわ」

「……しかし」

さらに弥介が意見しようとしたとき、廊下から人の気配がした。

「斬馬衆仁旗どの。若殿がお呼びでございまする」

声をかけたのは近習《きんじゅ》であった。

「若殿が、わたくしを……」

伊織は息をのんだ。

斬馬衆は馬廻り上席あつかいである。藩主へ目通りのかなう家格であるとはいえ、伊織が信政に会ったのは家督相続の挨拶のおりだけであった。なにより主君ではなく世継ぎに呼ばれた理由がわからなかった。

「介添え役同道のうえ、ご居間へ参られよ」

「えっ、わたくしめもでございまするか」

聞いた弥介が絶句した。

弥介は足軽でしかない。とても藩主世継ぎの前に出られる身分ではなかった。

「かまわぬ。お召しである」

近習は、それだけ告げると去っていった。

「若……」

いつもは落ち着いている弥介が、震えていた。

「なんなのであろう」

伊織にも理解できていなかった。

「藩中での噂でございまするが、斬馬衆を廃止するのではないかと」

「役目をか」

弥介の言葉に、伊織は肩を落とした。伊織とて斬馬衆が藩内でどう思われているかは気づいていた。無用の長物、戦国の遺物ならまだしも、無駄飯食いとまで言われていた。そのせいもあってか、すでに家督を継いで二年になるが、いまだ伊織へ縁談がもちこまれたことはなかった。潰されるかも知れない役目の家に、娘をやりたいと思う親などいるはずもない。

「いよいよか」

重くなった気持ちと足を引きずって、伊織は歩き出した。

江戸屋敷は、出城と考えられていた。城でいう本丸は、江戸屋敷の藩主御座の間にあたり、ついで世継ぎの居間は二の丸になる。真田家江戸屋敷の世継ぎ居間も、廊下を何度も曲がった先にあった。

「お呼びとうかがい、斬馬衆仁旗伊織、介添え役古河《こかわ》弥介とともに参上つかまつりましてございまする」

嫡男居間である書院間前の廊下で、伊織は平伏した。一間《けん》（約一・八メートル）ほど離れて、弥介も頭を床に付けた。

「入れ」

なかから信政の声がした。

藩主御座の間と同じく嫡男居間も、上下二つの部屋からなっていた。伊織はまず下段の間へ入り、その中央に腰を下ろした。続いて弥介が襖《ふすま》際で控えた。

「近《ちこ》うよれ」

もっとこっちへ来いと信政が招いた。

馬廻り上席の身分とはいえ、上段の間に入ることなどあり得なかった。世継ぎ居間上段に入ることが許されるのは、藩でも一握りの名門、家老中老組頭と小姓など身の回りのことをするごく一部の者だけである。

「…………」

伊織は躊躇《ちゅうちょ》した。

「早くいたせ。余がよいと言っておるのだ」

信政がいらだった声を出した。

「ご無礼を」

そこまで言われてはしかたないと伊織は、上段の間端近に移動した。

「何度も手間をかけさせるな。小声で話ができるところまで参らぬか」

「はっ」

信政の怒気を感じた伊織は、あわてて信政の手前一間ほどのところへ進んだ。

「うむ。介添え役、古河と申したか。そなたは、そこで人が来ぬように見張っておれ」

「ははあ」

直接信政から命じられた弥介は、額を畳に打ち付けるほど深く平伏した。なにより、嫡男信政が、足軽でしかない己の名前を口にしたことに驚いていた。

「仁旗、そなたの家は代々の斬馬衆じゃな」

「はっ。先代昌幸さまが、斬馬衆を創設されたおり、最初に選ばれたと聞いておりまする」

「うむ。さもあろう。なかなかによい身体《からだ》つきをいたしておる。身の丈はどのくらいある」

「五尺七寸（約百七十一センチメートル）ほどでございまする」

信政の問いに、伊織は答えた。

大太刀を振るうのである。衆に優れた身体をしていなければ、難しい。過去には、跡継ぎが小柄であったため罷免された斬馬衆もあった。

「大太刀は取り扱えるか」

「一応、神道無念流《しんとうむねん》打ち太刀を修めておりまする」

「どのようなものか」

身を乗り出して信政が問うた。

「三尺（約九十センチメートル）をこえる大太刀を、真っ向と水平にただ一心に振るうだけの戦場刀術でございまする」

「剣はどうじゃ」

「神道無念流居合術で免許をちょうだいいたしておりまする」

「そうか」

満足そうに信政が首肯した。

「仁旗伊織」

信政が厳粛な声を出した。

「はっ」

伊織は平伏した。

「父信之に代わって、斬馬衆としての役目を申しつける」

「……斬馬衆として」

おもわず伊織は顔をあげた。斬馬衆の役目は、戦場である。関ヶ原からすでに四十年近くすぎた泰平の世に、どこで戦があるのかと、伊織は首をかしげた。

「戦ではない。いや、戦には違いない。仁旗、そなたに真田家を守ってもらいたいのだ」

「真田家を守るとは、どのような」

伊織は無礼も顧みず訊《き》いた。

「知ってのとおり、真田はいま金に窮しておる。というのも、年貢以上に費《ついえ》が大きいからである。その最大の原因である幕府お手伝いをなんとかせねばならぬ。幕府お手伝いとは、どのようなものか、そなたはわかっておるか」

「いえ」

一介の藩士でしかない伊織に、政《まつりごと》の裏などわからなかった。

「幕府のお手伝いとは、外様大名たちに金を遣わせ、軍資金を奪うことが目的で押しつけられる普請などのことじゃ。こうして外様大名による謀反を、幕府は防ごうとしておる」

「はあ」

説明されても伊織には、よく理解できなかった。

「しかし、今やどこの藩にも謀反をするだけの力がない」

「…………」

無言であったが、伊織もそれは飲みこめた。刀が重いという輩《やから》が増え、剣道場にかよう者も減っている。武士が戦う者でなくなりつつあることは、ひしひしと感じられていた。

「なればなぜ、お手伝い普請を押しつけてくるのか」

信政が語った。

「お手伝い普請は、いわば幕府による罰なのだ」

「罰でございまするか」

「うむ。気に入らぬ大名をいじめるためのものと言い換えてもよい。そして、真田家は幕府からにらまれておる。いや、徳川に嫌われておる。なにせ、二代将軍秀忠さまに恥をかかせた家柄じゃでな」

「しかし、あれは、同じ真田でも……」

伊織は抗弁した。

「それはこちらの理屈じゃ。徳川に通じる話ではない。なにせ、関ヶ原の後、秀忠さまが首を取ってやろうと狙っていた昌幸さまは、父信之の嘆願で一命を取り留め、配流先で病死とはいえ、天寿をまっとうされたのだ。あちらにしてみれば、恨みをぶつけることができなかったのだ。怒りは、当然助命嘆願した父上の藩、すなわち松代へ向かおう」

「はあ」

「ゆえに、真田は幕府のお手伝いをずっと押しつけられてきた。しかし、これ以上はたまらぬ。罪があるならば、潰されてもしかたあるまい。だが、真田になんの咎《とが》がある。父上さまは、親子兄弟の仲を割ってまで、徳川に忠誠を尽くしたではないか」

無念とばかりに信政が目を閉じた。

「父上の苦労を考えれば、どんな我慢でもしよう。なれど、このままでいけば、藩が死ぬ。藩が死ねば、千人をこえる家臣たちが路頭に迷うことになる」

信政の口調が熱くなった。

「お手伝い普請をお断りすることはできませぬのでしょうか」

「一度誰にさせるか決まってしまえば、変更されることはない」

はっきりと信政が首を振った。

「では、避ける方法は……」

「ある。お手伝い普請が罰ならば、幕府に弱みを握られぬようにすればよい」

信政が告げた

「わたくしになにをせよと」

思いきって伊織は問うた。

「わからぬか」

察しの悪い伊織に信政があきれた。

「斬馬衆は本陣へ接近する敵を倒すのが役目であろう。ならば、藩に無理難題を押しつけてくる幕府の手を払うのも任といえよう」

「……なんと仰せか」

伊織は目を剝《む》いた。

「仁旗伊織、幕府の隠密から藩を守り、弱みをつかまれぬように防げ」

「無理でございまする」

あわてて伊織は断った。

「隠密の対処法など、存じませぬ」

「ならぬ。余が決めたことじゃ。できぬとあれば、斬馬衆は無用の長物として廃止してくれようぞ」

信政が脅した。

「代々続いた役目をそなたの代で失うことになれば、先祖にどう言いわけいたすつもりじゃ。なにより、役たたずとの烙印を押されることになるのだ。二度と藩中で人がましい顔などできぬぞ」

「それは……」

伊織は、口ごもった。すでに藩中で仁旗の名前は忘れられつつあった。

「無事につとめれば、斬馬衆を組頭格にあげ、禄も増やしてくれる。介添えの古河も士分に引きあげてやる」

今度は飴を信政がなめさせた。

「ありがたき仰せではございまするが、隠密など見たこともございませぬ。誰が隠密で、どうやって参るのかさえわかりませぬ。藩のためとあれば命差し出すに否やはございませぬ。が、どういたせばよいのか」

すなおに伊織は戸惑いを口にした。

「ふむ。たしかにそうじゃな。そこはなんとかしてやろう。なにかと準備もあろう。しばらく休みをくれてやる。別命あるまで出仕におよばぬ」

「かたじけのうございまする」

伊織は平伏した。

信政の前から下がった伊織は、上屋敷を出た。

江戸詰めの藩士の住居は、主として中屋敷、下屋敷に与えられていた。石高や役職で屋敷の大きさや造りは変わるが、一律にお長屋と呼ばれ、国元のものとくらべると少し手狭であった。

仁旗家の長屋は、中屋敷にあった。

「若、なにがござったので」

屋敷に入るなり、弥介が問うた。下段襖際で見張りをしていた弥介の耳に、信政の声は聞こえていなかった。

「少し、休ませてくれ」

伊織はまず休憩をと求めた。

仁旗の家は、百二十石取り、真田家では、そこそこの身分であった。小さなころに母を失い、父も先年亡くした伊織に家族はいなかった。六十坪ほどの広さがある長屋は一人暮らしをするには十二分であった。

伊織は、自室としている奥の書院で、落ちるように腰を下ろした。

「これは……おかえりなさいませ。お早いおかえりで」

庭で洗濯でもしていたのか、出迎えなかった女中の仲が、伊織を見て驚いた。

仲は五年ほど前に雇った女中である。口入れ屋をつうじて来た流れの女中であったが、仁旗の家を気に入ったのか、そのまま居着いていた。

「白湯をくれ」

伊織は頼んだ。

ご多分に漏れず仁旗家も台所は豊かではなかった。客でもないかぎり、茶を使うことなどなく、のどの渇きは白湯で補うが常であった。

「若」

書院前の縁側で待っていた弥介が、ふたたび問いかけた。

「ああ」

ようやく人心地ついた伊織は、信政に命じられたことを語った。

「それはまた無茶なことを……」

弥介が驚愕した。

「せねば、斬馬衆が滅ぶ」

伊織は苦い顔をした。

仁旗家の禄百二十石のうち二十石は斬馬衆としての役料であった。内訳は、十石が弥介の禄、残りが大太刀の手入れ料とされていた。斬馬衆の役を解かれるとなれば、役料は当然取りあげられる。伊織の被害もあるが、なにより弥介は痛かった。

斬馬衆の介添え役は足軽身分である。真田家において足軽の禄は、三両一人扶持《ぶち》と決められている。斬馬衆の介添え役のみが、特別扱いで十石という最下級の藩士並みの俸給をもらっていた。介添え役でなくなれば、弥介は藩中どこかの足軽組に入れられて、三両一人扶持という食べていくのも難しい生活へと落ちることになる。

「やらねばなりませぬか」

弥介が嘆息した。

「若殿がなんらかの手をさしのべてくださると仰せられた。それを待つしかあるまい」

憂鬱な顔で伊織は述べた。

三

休みの初日、伊織は一人で屋敷を出た。一夜こえたとはいえ、ほとんど満足に眠ることもできなかった。

「このままでは、かえってよくない」

伊織は、なにも考えずにすむときを持ちたいと道場へ向かった。

神道無念流は、剣術の祖慈音禅師《じおんぜんじ》から連綿と伝わる古流の一つである。伊織は神道無念流で大太刀の打ち太刀と抜刀術を学んだ。

幕府によって、刃渡り三尺をこえる大太刀の製造は禁止されていた。またやたらと重く、取り回しがほとんど不可能な大太刀の術を身につけようと考える者はおらず、道場でも伊織一人だけであった。

伊織が学んだ神道無念流道場は江戸のはずれ高輪にあった。

道場に着いた伊織は、まず下帯一つになると、井戸で水を浴びた。神聖な道場へ入るための礼儀である。寒中でもかかさずおこなわなければならない手順であった。

六杯の水をかぶった伊織は、持参した手ぬぐいで手早く身体を拭うと、下帯を新しいものに替え、稽古着になった。

一礼をして道場に入った伊織を道場主の郡《こおりぐん》軍太夫《だゆう》が待っていた。

「久しいな」

「ご無沙汰をいたしております」

道場入り口に膝《ひざ》をついて、伊織は挨拶《あいさつ》をした。

軍太夫は伊織の役目を知っている。休みのないことも理解していた。

「伊織、なにをしていた」

いきなり伊織は怒鳴られた。

「はっ。申しわけございませぬ」

伊織は頭を下げた。

「日課を果たしておらぬな。なんだ、その身体つきは。肉が落ちておるではないか」

「はい」

上屋敷へかよい、一日大太刀を磨くだけの毎日に伊織は流されていた。斬馬衆は世襲である。剣の腕がどれだけ優れていようと、算勘に明るかろうとも、家付きの役目である斬馬衆から出世することはないのだ。死ぬまで同じ日常を繰り返すだけとさとった伊織は、続けていた剣の鍛錬をなまけていた。

「ここまで来い」

伊織は軍太夫の前に平伏した。

「おおたわけめ。儂が情けないわ。こんなやつに免許皆伝をくれてやったかと思うと」

「すみませぬ」

恩師の失望が、伊織には痛かった。

「破門して……」

「師、一時のお怒りに身を任せられるのはいかがかと存じまする」

軍太夫の怒声をさえぎって、涼やかな声が道場の入り口から聞こえた。

「冴葉《さえは》か」

軍太夫が苦笑した。

「ご無沙汰をいたしております る。伊織さま」

足さばきも軽やかに、近づいてきたのは伊織の弟弟子森本《もりもと》冴葉であった。

冴葉は、御家人八十石森本一右衛門《いちえもん》の次女である。屋敷が近いこともあって、郡道場へかよい、長巻《ながまき》を学んでいた。伊織より四つ歳下で今年二十歳になった。女としては上背のある五尺二寸（約百五十六センチメートル）の肢体に、髪を結わず背中へ垂らした姿は、若武者のようであった。

「お久しゅうござる」

伊織もていねいに返した。

兄弟子である伊織が本来ならば格上になる。しかし、身分でいえば伊織は陪臣でしかなく、御家人の娘である冴葉が高かった。

「そのような堅苦しい態度はおやめくださいませと、何度申しました」

不機嫌な表情で、冴葉が文句を述べた。

「いや、そう言われても」

伊織は困った。

六歳で郡道場へ入門してきたときから知っている冴葉の強情さはわかっていたが、決められた身分を崩すことはできなかった。

「あいかわらず、融通が利かぬの。まあいい」

軍太夫が立ちあがった、

「一本やってみせよ」

「はい」

「喜んで」

伊織と冴葉が首肯した。

道場の壁に立てかけてある木刀を持って伊織は、道場中央で構えた。

「お願いいたしまする」

冴葉は長巻代わりに使われている六尺（約一・八メートル）の棒をつかんでいた。

「始め」

道場の上座、掛けられている鹿島大明神の軸前に腰を下ろした軍太夫が開始を宣した。

「おうっ」

「やあっ」

二人は気合いを発して向かい合った。

棒の相手はやっかいなものであった。まず間合いが違う。木刀の長さが柄まで入れて二尺八寸（約八十四センチメートル）しかないのに対し、棒は六尺もある。じつに倍以上の長さがあった。この差の分、伊織は冴葉に近づかねば、木刀は届かない。

およそ三尺敵の支配下にある間合いを乗りこえなければ、伊織の勝ちはなかった。

「りゃああ」

声をあげながら、伊織は冴葉の隙《すき》をうかがった。ゆっくりと青眼から下段へと構えを変えた。

中段に構えていた冴葉が、あわせて棒を上段へと動かした。ほんの一瞬、棒の先が伊織からずれた。伊織は見逃さず、大きく踏み込みながら木刀を振りあげた。

「はああ」

甲高《かんだか》い気合いを発しながら、冴葉が応じた。棒の先を右手だけで握り、下端を振り抜くようにして伊織の頭を狙った。

「ちっ」

伊織は後ろに飛んでこれを避けた。

「ふん」

軍太夫が鼻を鳴らした。

「えいやあ」

下がった伊織につけ込むよう、冴葉が襲いかかった。棒を回し、小さく突き出しながら伊織を攻めたてた。

「なんの」

あるものはかわし、あるものは木刀ではじきながら、伊織はすべてを防いだ。反攻に出ようとした伊織の前で、冴葉が消えた。

「下か」

あわてて伊織は目を落とした。冴葉が腰と膝を曲げ、ぐっと深く沈んでいた。

「りゃああ」

その位置で冴葉が棒を水平に振った。

「なんの」

膝を折るように曲げて跳び、伊織はこれを避けた。

「もらった」

冴葉が叫んだ。

空をきった冴葉の棒が、真上へと跳ねた。

「しまった」

空中にあっては、体勢を変えることはできない。伊織は持っている木刀の届く範囲以外の攻撃になすすべがなかった。

伊織は左の臑《すね》をしたたかに打たれた。

「参った」

かろうじて転ぶという不様なまねをせずにすんだが、伊織の負けははっきりしていた。

「ありがとうございました」

冴葉が、棒を納め、ていねいに礼をした。

「そこまで」

ゆっくりと軍太夫が声をかけた。

「…………」

伊織は愕然としていた。

家督を継ぐ前、毎日のように道場へ通っていたころ、冴葉は伊織から一本も取れなかった。いつも伊織が冴葉をあしらい、いろいろと教えていた。その冴葉に伊織はあっさりと負けを喫してしまった。

「頭で考えたより動かなかったであろう」

軍太夫が言った。

「……はい」

伊織は最初の一撃で決めるつもりだった。冴葉の手元に入り、棒の利点を殺してから下段の一刀で太股《ふともも》を撃つ。伊織の目論見《もくろみ》は、最初で崩れた。冴葉の反撃がくる前に、決まっているはずの伊織の一撃が出せなかった。間合いが不足していた。つまり、踏み込みが甘かった。

「足腰がなまりすぎておる」

「はい」

師の指摘を伊織は認めるしかなかった。

「そんなことで大太刀が振るえるわけなどなかろう」

「…………」

伊織は言葉もなかった。

斬馬衆がなくなる恐怖に襲われていながら、そのじつ己がもっともあきらめていたことに、伊織は気づいた。大太刀の使えない斬馬衆など、まさに存在の価値さえなかった。

「まったく馬鹿が」

　軍太夫があきれた。

「すでに戦国は終わった。侍も剣術より算勘に重きをおくようになった。これはいたいたしかたないことよ。ずっと戦国では、たまらぬ。いつか争いは終わり、泰平が来る。これは泰平になれば武術や武具が無用の長物となるのは当然のこと。しかし、伊織。泰平はいつまでも続かぬ」

　座れと軍太夫が二人に手で合図した。

「…………」

「はい」

　伊織と冴葉は、軍太夫の前に正座した。

「泰平はすばらしい。なにせ、明日を心配せずともよいからな。人を殺したり、人に殺されたりすることもない。しかし、泰平は不満を生む」

「不満でございまするか」

　冴葉が首をかしげた。

「うむ。泰平というのは固定と同一だからの。百姓の家に生まれた者は、終生百姓でしかなく、大名の子として生まれた者は、無能であっても大名になる。しごくなことだとわかっていても、心の奥底に不満はくすぶっている。その不満を解消するには今ある秩序を壊さねばと、人々が気づいたとき、泰平は破れる」

「幕府を倒すと言われまするか」

御家人の娘である冴葉が気色ばんだ。

「儂をにらむな。だが、いずれそうなる」

「師、いくら師のお言葉でも……」

「いきりたつな。そなたは女の割に血の気が多すぎる」

軍太夫が、冴葉を抑えた。

「幕府が誰にも等しく恩恵を与える政をするなら、徳川の天下は揺らぐまい」

聞いていた伊織の肩が動いた。

「そうはいかぬ。徳川の天下は、幾多の人に支えられてできた。三河以来の旗本と呼ばれた侍が、命を削り、ようやく成し遂げたもの。当然、幕府は功績ある者に厚く、敵対した者には酷《むご》くあたる。一代や二代の間はそれでいい。草創のころのことを覚えているからな。しかし、それが続くと不満は生まれる。人には嫉妬という心がある。他人が己よりも優遇されていると感じたところから、嫉妬が生まれ、それは不満へと育つ」

「…………」

　冴葉も抗弁しなくなった。

「そのとき、ふたたび天下は乱れ、武士の出番となる。泰平の世の腑抜《ふぬ》けた侍ではない。戦うことを仕事とする武士がな。そのときのために備えるのが武術であり、修行なのだ。伊織、そなた一代の間に戦はないだろう。いや、真剣を抜くこともないかも知れぬ。それでも禄をもらっているかぎり、万一に備えて鍛錬を欠かさないことが、武士の任であり、忠義なのだ」

「はい」

「わかれば、稽古に励め。伊織の場合、儂のように剣術を生業《なりわい》とするわけではない。上を目指すのではなく、この場に居続けることを考えよ」

「身に染みましてございまする」

　伊織は頭を下げた。

「わかればいい。冴葉、少し伊織に稽古をつけてやるがいい」

「わ、わたくしがでございまするか」

　冴葉が驚いた。

　道場での席次は、伊織が筆頭である。冴葉は女の筆頭ではあるが、弟子としての順位は五位でしかなかった。教わることはあっても、教えるなど考えられなかった。

「実力が上の者が、下位の指導をする。当然のことだ」

軍太夫が命じた。

「鍛えなおしてもらえ、伊織」

言いつけて、軍太夫が去っていった。

残された二人の間には気まずい雰囲気がただよった。

伊織は表情をゆがめていた。己が怠ったことで腕が落ちたことは理解していた。いや、最初からわかっていた。それを師である郡軍太夫に鍛えなおしてもらおうと思ってきたのだ。なのに格下の冴葉に稽古をつけてもらえと言われた。伊織は情けなさと憤慨で、心のざわめきをおさえられなかった。

「伊織さま」

遠慮がちに冴葉が声をかけてきた。

「稽古をつけていただけまするか」

「……いや、今日はこのまま帰らせていただきまする」

伊織は、冴葉の申し出を断ると、木刀を置いた。

深々と上座へ礼をして、伊織は道場を出た。

「……伊織さま……」

冴葉の小さなつぶやきを、伊織は無視した。

江戸城でもっとも規律にきびしいのは、将軍御座の間ではなく、老中の執務室たる御用部屋であった。

老中一人一人を屏風《びょうぶ》で区切った御用部屋の最奥で、土井大炊頭《おおいのかみ》利勝が書類に目をとおしていた。

元亀四年（一五七三）、徳川家の縁戚である水野信元《のぶもと》が三男として生まれた土井大炊頭利勝は、三歳のおり土井家の養子になった。七歳で秀忠付きの小姓となり、以後側近として仕えた。関ヶ原では秀忠の軍とともに東山道をのぼり、決戦に遅刻している。慶長十五年（一六一〇）より老中を務めている。

「ご老中首座」

「なんじゃ、伊豆」

仕切りの外から声をかけられた土井大炊頭は、書類から目をあげた。

「よろしいか」

屏風を回って、老中松平伊豆守信綱が現れた。

鷹揚《おうよう》に土井大炊頭は首肯した。

三代将軍家光最大の寵臣《ちょうしん》であり、知恵伊豆と呼ばれている松平伊豆守といえども、幕初から執政として君臨してきた土井大炊頭の前では、小僧扱いであった。

「天下とともに土井大炊頭を譲る」

二代将軍秀忠が、将軍の座を息子家光に渡すときに述べた言葉である。こうして土井大炊頭は天下に比肩するほどと秀忠が認めた有為な人材として、幕府において別格扱いされ、老中たちはなにを決めるにもかならず相談しなければならなかった。

「大井川の堤防普請のことでございまするが、どこにお手伝いを命じましょうや。駿《すん》府《ぷ》のお城に近いこともあり、洪水への備えとして、かなりの規模をおこないたく、それ相応の身代を持つ大名を選ぶべきかと存じまする」

「伊豆は誰にさせるべきだと考えおるか」

土井大炊頭が問うた。

「所領の近さ、石高の大きさを勘案いたしまして、津の藤堂《とうどう》が適任かと」

松平伊豆守が言った。

「藤堂か。それはいかぬな」

一言で土井大炊頭が否定した。

「……では、どこの大名に」

一瞬鼻白んだ松平伊豆守が、訊いた。

「真田にさせるがよい」

「……真田でございまするか。しかし、真田は、ここ近年重ねて、大きなお手伝いをしておりまする。さらにこの度ともなりますれば、いささか負担がきびしすぎるかと考えまする」

「幕府のお手伝いをするのは、大名の義務である」

「そのとおりではございまするが、あまり一つの大名にさせすぎまするのは、政の公正さを欠き、幕府の信にもかかわりかねませぬ」

「伊豆よ。なにかまちがえてはおらぬか。政はなんのためにあるかわかっておらぬようじゃな」

土井大炊頭が松平伊豆守を見つめた。

「政とは、幕府のためになることである。すなわち徳川家の天下を続けさせるための手段なのだ」

手にしていた書類を土井大炊頭は、置いた。

「天下万民のためなどと青いことを口にしてくれるな。そう考えているならば、儂は、伊豆を御用部屋から追いださねばならぬ」

「…………」

松平伊豆守は言葉を失っていた。

「天下を取られたのは神君家康さまである。つまり天下は徳川家のものなのだ。天下のための政とは、徳川のためでなければならぬ」

「……なれど、いくら真田とはいえ、これ以上お手伝い普請を引き受けては潰れましょう」

「耐えられぬならば、潰れればいい。そうすれば二度とお手伝いをせずともすむ」

なんのことはないと土井大炊頭が答えた。

「真田が抵抗いたしませぬか」

藩が立ちゆかぬとならば、真田がお手伝い普請を避けようとするのはわかりきったことであった。

「断れぬようにするだけのことじゃ」

「どのように……」

「そこまで儂が言わねばならぬか。知恵伊豆との評判もあてにはならぬな。このようなありさまでは、家光さまのご執政として天下の仕置きを任すことはできぬぞ。これくらいのことやってみせよ」

冷酷な表情で土井大炊頭が告げた。

「承知つかまつりました」

松平伊豆守は下がるしかなかった。


御用部屋には、五人の老中と二人の老中首座がいた。

青山大蔵少輔《おおくらしょうゆう》幸成《よしなり》、堀田加賀守正盛、松平伊豆守信綱、阿部豊後守《ぶんごのかみ》忠秋、阿部対《つし》馬守《まのかみ》重次の老中五人、そして酒井讃岐守《さぬきのかみ》忠勝と土井大炊頭利勝の老中首座二人である。

このうち、堀田加賀守、松平伊豆守、阿部豊後守の三人が、三代将軍家光子飼いであった。三人は、家光の小姓、いや、三人ともに家光の男色相手として寵愛を受けて抜擢された者として、強い連携を持っていた。

土井大炊頭に叱られた夜、松平伊豆守は、屋敷に堀田加賀守と阿部豊後守を招いた。

「馳走《ちそう》であった」

松平伊豆守の用意した一汁三菜の質素な夕餉《ゆうげ》が終わった。

「なにかあったのか、長四郎」

堀田加賀守が訊いた。長四郎とは松平伊豆守の幼名である。

「うむ。ちと相談したいことがあってな」

阿部豊後守と堀田加賀守の顔を、松平伊豆守が見た。

「大炊頭さまか」

白湯を喫しながら、阿部豊後守が言った。

「気づいていたか」

松平伊豆守が苦笑した。

「ご老体はすべてしきらねば気がすまぬからの」

淡々と阿部豊後守が述べた。

「で、なんだったのだ」

「東海道大井川の水防普請のことよ」

「お手伝い大名か」

堀田加賀守がすぐに言い当てた。

「うむ。津の藤堂が至当であろうと考えて、上申したのだがな。却下されたわ」

「却下されたくらいで、長四郎が、我らに頼るとは思えぬが」

阿部豊後守も見抜いた。

「まあ、待て。大炊頭どのが、どこの大名を名指ししたかを先に聞いてくれぬか」

先読みする二人を、松平伊豆守が制した。

「その大名にこそ問題があると」

「どこの大名だ」

諫《いさ》められた二人が、松平伊豆守に質問した。

「真田よ」

「松代のか」

「それはまた」

松平伊豆守の答えに、阿部豊後守と堀田加賀守が、驚いた。

「無茶であろう。真田には、なんどもお手伝いをさせておる。いくらなんでもおかしいと世間の目を集めるぞ」

「うむ。なにより大井川の水防普請は、三十万石はないときびしい。十万石ていどでは、藩を潰しても無理じゃ」

堀田加賀守と阿部豊後守が問題を指摘した。

「であろ。儂もそう申したのだが、どうしても真田にさせよと言われる」

冷えきった白湯をすすりながら、松平伊豆守が嘆息した。

「しつこいな、ご老体」

小さく堀田加賀守がつぶやいた。

「それほど真田が憎いか」

阿部豊後守も漏らした。

「ご本人だけでなく、二代秀忠さまのぶんも入っておるからな」

松平伊豆守が続けた。

「しかし、実際の話として真田に押しつけるには無理がありすぎるぞ。まちがいなく諸大名の不審を買う」

「よな。すでに天下は秀忠さまのものではない。我らが主家光さまが天下人なのだ。その家光さまの政に、一点の疑念があってはならぬ」

堀田加賀守と阿部豊後守が述べた。

「そうよ。家光さまはあっぱれ名君として後世に名を残されねばならぬ。それを前代の怨霊《おんりょう》に邪魔されてはたまらぬ」

静かな怒りを、松平伊豆守が表した。

「かと言ったところで、我らに大炊頭を止める力はない」

松平伊豆守は、土井大炊頭の敬称を消した。

「では、どうする」

「真田に自ら願ってお手伝い普請を引き受けてもらうしかない。そうなれば、幕府の無理ではなくなる」

「無理であろう。真田の余力がもうないことは、知れておる。いくらなんでも藩が立ちゆかぬとなれば、いかに真田でも引き受けまい」

「引き受けさせるのだな」

阿部豊後守が気づいた。

「そのための弱みを探せと命じられたわ」

「難しいの。藩と引き替えにしてもよいだけの弱みか。そう簡単には見つかるまい。真田も必死で隠すであろうからの」

堀田加賀守が腕を組んだ。

「なによりも上様に知られぬようにせねばならぬ。上様は真田伊豆守信之が家康さまの娘婿と知ってから、お気に召しておられる」

「上様が家康さまへ傾倒されるは、今に始まったことではない」

目を閉じて阿部豊後守が言った。

「上様に知られず、ひそかに探るか。伊賀組にさせるしかないの」

「うむ」

阿部豊後守の提案に松平伊豆守が首肯した。

第二章　神君の娘婿

一

　道場から戻った翌日から、伊織は日課であった木刀の素振りを再開した。

　斬馬衆の使用するのは大太刀である。さすがに本物を振りまわすわけにはいかないので、三尺（約九十センチメートル）の木刀に金輪をはめたものを使っていた。五貫（約十九キログラム）まではいかないが、三貫（約十二キログラム）はある。並の者なら、持ちあげるのが精一杯で、とても柄を持って構えを取ることなどできない。伊織はさすがに軽々とはいかないが、ふらつくようなことはなかった。

「…………」

　重さのある木刀を振り下ろすことは、難しいことではなかった。振り下ろした木刀を止めることが至難の業《わざ》なのである。

「ぬん」

木刀が水平になった位置で、伊織は止めた。

「若、少し切っ先が下がっておりまする」

弥介が注意した。

「うむ」

うなずいて伊織は、もう一度木刀を振りあげた。

普通の剣のようなつもりで、大太刀を振りかぶれば、まちがいなく人は後ろに引っ張られるような形になって倒れる。それを防ぐには、膝を軽く曲げ、腰を落としながら背筋を前へ傾けなければならない。

「くおっ」

ふたたび伊織は木刀を落とした。

「まだ、震えておりますぞ」

するどい指摘を弥介が出した。

「くそう」

なまりきった己の身体に、伊織は唾棄したくなった。

「あわてなさるな。十五年をこえる修行は、無になっておるわけではございませぬ。かならずや、勘を取りもどされましょうほどに」

弥介がなぐさめた。

「薙《な》ぎをやってみる」

伊織は、木刀の柄を握りなおした。

「それは、無茶でございまする」

あわてて弥介が止めた。

「いや、斬馬衆の仕事は、薙ぎにある。大太刀の薙ぎができずして、斬馬などできぬ」

斬馬衆の任は、味方の陣を蹴散《けち》らそうと侵入してきた騎馬武者を止めることである。馬の首ごと騎馬武者を両断できぬならと考え出されたのが、大太刀を水平に振って馬の足を斬りとばすことであった。

伊織は木刀を右脇に引きつけ、水平に寝かせた。

先端には金輪がはめられている、歪《いびつ》なほど重心が前にある木刀を、水平に維持するには、かなりの腕力が要った。

「ううむ」

垂直に構えるよりも、はるかにきつい体勢に、伊織はうめいた。

「若……」

心配そうに弥介が見つめた。

「……おうりゃああ」

動きの出だしは無言で、止めるときに声を出す。大太刀独特の気合いである。それほど止めるのに力が要った。

「刃の動きが波うっておりまする」

弥介が首を振った。

「それでは、馬の足を斬るではなく、折るでござる」

馬の足は細い。しかし、骨は太く硬い。なまじのことで骨を両断することは難しい。刃筋、勢い、拍子、このすべてが完成しないと、大太刀は馬の足を折るだけで止められてしまう。

片足を折られただけでは、馬は転んでくれない。武者を地に落とすためには、どうしても両足を同時に斬りとばさなければならない。

斬馬衆に求められたのは、一気呵成《いっきかせい》に大太刀を水平に振り抜くだけの力と技であった。

「もう一度」

伊織は木刀を右脇へつけようとした。

「お止めなされ。腕の筋が痛みまする」

近づいた弥介が、伊織から木刀を取りあげた。

「いきなりもとに戻るわけなどございませぬ。日にちをかけ、ゆっくり進めて参らねば、かえって復活は遠のきますぞ」

「………」

わかっていても伊織は、おさまらなかった。

「取り返さねば……」

「若、空白の歳月を数日で埋めることはできませぬ。無茶をなさってはかえってよろしくございませぬ」

弥介の諭《さと》しに伊織は首を振った。

「斬馬衆の存続がかかっている」

伊織は弥介に奪われた木刀を取りもどそうとした。

「おたいらになされよ」

業を煮やした弥介が、木刀を遠くに放り投げた。

おなじことが数日繰り返された。

伊織の必死は、信政からの新たな言葉にあった。

「斬馬衆の屋敷詰めを解き、三十日の休息を与える」

信政の命を、伊織は斬馬衆への最後通告と受けとったのだ。できなければ、役目が終わる。伊織は余裕を失っていた。

しかし、六歳から二十二歳まで続けた修練は、身体に染みついていた。十日目くらいから伊織のふらつきはなくなり、腰も落ちるようになった。

「しかし……」

伊織の焦りは消えていなかった。

手の皮が剝《む》けても、伊織は素振りを続け、そのあと道場へ出ては、師軍太夫に稽古をつけてもらい、森本冴葉と木刀を合わせるという一日を送っていた。

「若殿からの命だ。吾は、幕府から遣わされる隠密《おんみつ》を排除しなければならぬ。やらねばならぬのだ」

今朝も早くから伊織は、弥介相手に木刀を振っていた。

「大太刀でどうやって忍を斬るおつもりか」

決意を口にした伊織に、声がかけられた。

「誰だ」

伊織は驚きを隠せなかった。

素振りは伊織に与えられている長屋の中庭でおこなっている。他人がうかつに入ってこられる場所ではない。

急いで振り向いた伊織の目に、艶《つや》やかな着物を身につけた若い女が映った。

「忍の動きは風。とても、大太刀のような遅い太刀筋では、捕らえきれませぬ」

女がゆっくりと歩みよってきた。

「どなたさまで」

弥介が、伊織と女の間に割り込んだ。

「若殿さまのご命で参りましてございまする。神《じん》祇衆《ぎしゅう》飯篠《いいざさ》新無斉が娘、霞《かすみ》と申しまする」

女がゆっくりと頭をさげた。

百石ていどの長屋は、さして大きなものではない。玄関、供待ち、客間、書院、そして台所と物置ぐらいである。

伊織は霞を客間へとおした。

「神祇衆とは、初めて聞くお役目でござるが」

白湯を出しながら、伊織は訊《き》いた。

「表のお役人衆とは、少し違いますれば、ご存じでないのも当然かと」

出された白湯に手も伸ばさず、霞が答えた。

「神祇衆は、戸隠《とがくし》神社の祭りをおこなうのが役目」

霞が話し始めた。

戸隠神社の歴史は遠く平安遷都のころにさかのぼる。いや、伝説だけでいいならば、神代の昔にその始まりを求めることができた。

天照大神《あまてらすおおみかみ》が弟素戔嗚尊《すさのおのみこと》の乱暴に耐えかねて、天の岩戸に閉じこもったとの神話は、有名である。日輪たる天照大神を失った地上は闇に覆われた。隠れた天照大神をふたたび表に出すため、天手力雄命《あまのたぢからおのみこと》が天の岩戸に手を掛け開いた。そのとき力を入れすぎた天手力雄命によって吹き飛ばされた天の岩戸が、信州へ落ちて戸隠山になったという。

おそらく古来から信仰の的となっていただろう戸隠山が、記録に出てくるのは平安時代のことで、一人の僧が、九頭九尾の龍を封印したとの古文書が現存している。

戸隠は、まちがいなく平安のころから、信州における信仰の中心であった。

「真田家は戦国のころより、戸隠神社へ篤《あつ》い崇敬を捧げておりました」

霞が続けた。

戦国時代、織田信長が国家鎮守の柱として、別格扱いされてきた比叡山を跡形もなく焼き払ったように、各地の神社仏閣も大きな被害を受けていた。

戸隠神社も別ではなかった。越後の上杉謙信、甲斐《かい》の武田信玄に挟まれる川中島にあった戸隠神社は、社領地のすべてを失っただけではなく、建物のほとんどが被災した。

「生きるすべを失った戸隠神社に仕える巫女《みこ》や神人たちを、真田昌幸さまが、庇護くださり、神祇衆としてのお役目を与えてくださいました」

「神祇衆としての、お役目とは、なんでございましょう」

伊織は尋ねた。

「歩き巫女が神祇衆のもとでございまする」

それでわかるだろうと、霞が言った。

「……歩き巫女……隠密」

まだ戦国の世を生き抜いてきた者も多く残っている。戦陣話を拝聴するは、若者の義務のようなものだ。伊織も、なんどか戦陣話を聞かされている。そこに歩き巫女の話もあった。

歩き巫女とは、戸隠神社のお札を全国に売り歩き、破壊された社の修繕費用を集めて回る者である。

戸隠神社の出した鑑札さえあれば、関所を通ることができ、どこの城下に滞在しても咎められることはない。隠密として、これほど便利な隠れ蓑《みの》はなかった。

「はい。我ら神祇衆は、真田家の隠密」

「わかり申した」

伊織は、信政の言った手助けの人材とは、霞のことだと理解した。

「で、霞どのは、なにをしてくださるのか」

剣のことならまだしも、隠密の話など、伊織はまったくわかっていない。

「家中に潜む隠密をあぶり出してくださるのか」

伊織は信政から草についても教えられていた。

「いいえ」

霞が首を振った。

「藩内に潜む草については、いっさい手出しをせぬと殿の仰せでございまする」

「なぜに」

驚きで、伊織は大声をあげた。

「草とは、鈴。鈴に手を出せば鳴りまする。鈴を鳴らせば気づかれましょう。一方、鳴らない鈴は、役に立っていないのと同じ」

淡々と霞が告げた。

「獅子身中の虫を、わかっていながら、飼い続けると殿は仰せられるか。それを若殿さまはご承知なされたのか」

「殿のお決めになられたことでございまする」

「若殿さまもご承知か」

「知らせる必要はないと、殿が」

「それはよろしくないのでは。若殿さまがご存じないことを、わたくしが知るのも問題でございまする」

伊織は、筋が違うのではないかと霞に詰め寄った。

「…………」

霞は無言になった。

「なにより、今回のことは、殿が若殿さまにご一任なされたはずではございませぬか。ならば我らは若殿さまのお考えに従うべきでござろう」

「…………」

「霞どの」

返答を伊織は求めた。

「殿は、もっと大きなところからご覧になっておられまする。一回限りお手伝いを防げたところで、意味はないのでございまする」

「それはそうだろうが」

「今は若殿さまに、幕府との戦いは続いていると知っていただくだけでよろしいので」

すべてを教えるにはまだ早いと霞は言った。

「若殿さまを愚弄《ぐろう》するつもりか」

伊織は憤慨した。信政は若殿と呼ばれているが、不惑をこえている。信之が隠居しないために、まだ家督を継いでいないだけで、藩主となっていてもおかしくはない年齢であった。

「愚弄するなど、あり得ませぬ」

霞が否定した。

「ただ真田の置かれている立場は、他の外様大名とは違うのでございまする。幕府の、いや、土井大炊頭の恨みを一身に受けておりまする。土井大炊頭は、家康さまがとくに選んで秀忠さまへつけたほどの切れ者。しかも幕府の老中首座。その権は、他の老中たちすべてを足したよりも強い。知恵伊豆などと言われていても、土井大炊頭に比べれば赤子同然。三代将軍家光といえども、土井大炊頭には頭があがらない。それほどの者を相手に、真田は生き残ってきた。そしてこれからも歴史を紡いでいかねばならぬのでございまする。若殿さまには、まだ難しいと殿が思われたのもしかるべし」

「………………」

気迫をこめて語る霞に、伊織は反論できなかった。

「……なれば」

ようやく伊織は立ち直った。

「命をくだされた若殿さまのご存じないところで動くなど、拙者には、荷が重すぎまする。謹んでお役目を辞退させていただきまする」

伊織は、断った。

「断る……斬馬衆がなくなりますぞ」

すっと霞が目を細めた。

「若……」

客間の隅で聞いていた弥介も驚いていた。

「祖父の代より受け継いで参ったお役斬馬衆を失うは、面目なきことでござるが、松代十三万石の先を背負うのは無理でござる。のちほど若殿さまにはお目通りを願い、伝えさせていただきますゆえ、どうぞ、お引き取りを願いまする」

慇懃《いんぎん》に伊織は、霞に帰れと告げた。

「このたびのお役は、厳秘たるもの。知ってから逃げるなど許されぬ」

霞の口調が変わった。

「はばかりながら、仁旗伊織は松代真田家の藩士でござる。口にするなと命じられれば、たとえ四肢を砕かれようとも、一言も漏らしはいたしませぬ」

伊織は腰にしていた脇差の鯉口《こいぐち》を切り、三寸（約九センチメートル）ほど抜いて、鞘《さや》へ戻した。武士が命をかけて約定を守ると宣誓するときにおこなう金打《きんちょう》であった。

甲高い音が静かな部屋に響いた。

「おふざけでございまするか」

「なにっ」

武士が名誉をかけての誓い、金打を馬鹿にされて、伊織は気色《けしき》ばんだ。

「口約束などなんになりましょう。戦国の世、幾多の大名たちが、和睦の誓いを交わしました。そのうちいくつが守られましたか」

冷たく霞が言った。

「神君と讃えられている徳川家康を見てもわかりましょう。秀頼さまのことを秀吉さまから頼まれておきながら、豊臣を滅ぼしました。天下人の間に交わされた約束でさえ、無意味だったのでございまする」

「……拙者は違う」

否定しながらも、伊織の怒りは急速にしぼんでいった。

「信じろと言うほうが無理でございましょう。秘密を守るには二つの手段がございまする」

いつのまにか霞の口調が戻っていた。

「一つは共有すること。そしてもう一つは、口を封じること」

「つっ」

いきなり浴びせられた殺気のすさまじさに、伊織は後ろへ跳んで逃げた。

「なかなかおやりになる。まあ、そうでなければ神祇衆の足手まといでしかございませぬが……」

霞は微動だにしていなかった。

「…………」

二間《けん》（約三・六メートル）ほど離れたところから、もといた場所に目をやって、伊織は絶句した。

床板に深々と卍型《まんじがた》をした手裏剣が突きささっていた。

「なにを……」

ほんの少し逃げるのが遅れれば、伊織は無事ですまなかった。ためらいのない殺意を即座に向けられるほどのことへかかわってしまったと知って伊織は震えた。

「おわかりになられたか」

霞が問うた。

「……うむ」

「若……」

あまりのことに呆然《ぼうぜん》としていた弥介が、気遣った。

「しかたあるまい。ことは吾だけですまぬ」

「正しい認識でございますな」

唇をゆがめて霞が弥介を見た。

「うっ」

弥介が意味を悟ってうめいた。

「…………」

伊織は、床に刺さった卍手裏剣を引き抜くと、もとの位置へ座った。

「では、あらためてお話をさせていただきましょう」

なにごともなかったかのように、霞が語り始めた。

「草というものは、さきほども申しましたように鈴でございまする。真田がなにか幕府にとってつごうの悪いことをなそうとしたとき、鳴って報《しら》せるために存在しております」

「鈴は、自ら動かぬというわけか」

「はい。今まで眠っていた鈴が、今回だけ動くということは考えにくい。草は、幕府が打ち込んだ数少ない楔《くさび》。よほどのことがなければ、草は正体を出しませぬ」

「それもそうだな。ようやく打ち込んだ楔を抜くようなまねはしたくないだろうな」

落ちついた伊織は、冷静に事情を把握し始めた。

「草を動かさずとなれば、幕府が取る手だては一つ。あらたに隠密を忍びこませ、真田の内情を探る」

「ふむ」

「それを防ぐのが、斬馬衆の役目」

「何度も申すが、刀の振りようは知っていても、忍の相手をしたことなどないぞ」

伊織は念を押した。

「なればこそ、わたくしが遣わされたのでございまする」

「説明してもらってどうこうなるというものではないと思うが。付け焼き刃は、しょせんその場しのぎでしかない」

ときがなさすぎると伊織は首を振った。

「付け焼き刃でも身につけていただくしかありませぬ。殿のご命令を伝えまする」

おごそかな顔になった霞が宣した。

「はっ」

信之の名代と変じた霞に、伊織と弥介は平伏した。

「仁旗伊織、飯篠霞の指図に従い、真田の敵を滅せよ」

「ははっ」

伊織は受けた。

二

老中の忙しさは、まともに中食《ちゅうじき》を摂ることさえできないほどである。

たまっていた用をなんとか片づけて、ようやく寸暇を得た松平伊豆守は、御用部屋を出て、江戸城中の長い廊下を歩き、本丸御殿を出て、西の丸へと渡った。

松平伊豆守の目的は山里口であった。

江戸城の西南に位置する山里口は、江戸城の非常門である。江戸城が攻められ、いよいよ本丸が持たないとなったとき、将軍とその家族が甲府城目指して逃げていくために設けられた枡形門《ますがたもん》で、山里伊賀者が警備していた。

「入るぞ」

山里伊賀組詰め所の前で、松平伊豆守が声をかけた。

すっと詰め所の障子がなかから引き開けられ、土間に平伏した伊賀者が待っていた。

「お待ち申しあげておりました」

最奥で手を突いていた初老の伊賀者が、わずかに顔をあげた。

「山里伊賀組頭、三枝《みつえだ》鋳矢《ちゅうや》にございまする」

「伊豆守である」

土間に一歩踏み込んで、松平伊豆守が名のった。

山里伊賀者の身分は軽い。御家人のなかでももっとも低い三十俵二人扶持《ぶち》の同心でしかない。老中と同席はもちろん、直接口を聞くことも許されないほどの身分差があった。

「探索御用でございましょうか」

三枝鋳矢が問うた。

「うむ」

松平伊豆守が、首肯した。

伊賀組同心は足袋を身につけることが許されていない。雪駄《せった》を履くことも禁止されている。どれだけ寒風が吹きすさぼうとも、滝のような雨であろうとも、素足でなければならない。

今も裸足《はだし》で土間に控えている伊賀組同心たちを、松平伊豆守は見下ろした。

「松代真田藩を探れ」

「真田でございまするか」

確認するように、三枝鋳矢が繰り返した。

「承知つかまつりましてございまする」

「復命は、儂の屋敷まで来るように」

「はっ」

探索御用はたとえ同じ老中であっても、その内容を教えないのが慣例である。報告や再指示などは、老中の屋敷でおこなわれることになっていた。

「任せたぞ」

松平伊豆守が、山里口伊賀組詰め所から去った。

山里口が開いているのは、明け六つ（午前六時ごろ）から暮れ六つ（午後六時ごろ）までである。江戸城の非常門である山里口は、お庭衆、黒鍬者《くろくわもの》、鷹匠《たかじょう》、餌差衆《えさししゅう》、奥向衆の通行しか許さなかった。老中といえども出入りはできない決まりの山里口の門番を任とする山里口伊賀者など閑職中の閑職である。しかし、その正体は幕府隠密であった。

山里口伊賀者は定員九名で、三名ずつ三日交替で門を警衛していた。

一日の勤務を終えて四谷の組屋敷に戻った三枝鋳矢が、配下を屋敷に集めた。屋敷といっても同心の組屋敷である。居間と台所と控えの間しかない。八畳の居間に十名の伊賀者が参集した。

互いの肩が触れるほど人がいながら、居間は話し声さえなく静かであった。

「老中松平伊豆守さまから、探索御用があった」

三枝鋳矢が口を開いた。

「…………」

誰も反応しなかった。

「このたびの任は、信州松代真田家である」

「またか。先日土井大炊頭さまから、真田の鉄炮の数を調べてこいと言われたばかりぞ」

配下の伊賀者が、述べた。

「執政衆のなさることはわからぬ」

気にしても意味がないと三枝鋳矢が、首を振った。

「しかし、今度は用心しておろう。城を荒らされたばかりだ」

「戸隠巫女が出てくるか」

小声が山里伊賀者から漏れた。

「まだいるのか、戸隠巫女どもは。途絶えたのではないのか」

「おると考えるべきだ」

配下の話に三枝鋳矢が加わった。

「儂のじいさまが、戸隠巫女にやられた」

一人の伊賀者が、小さくつぶやいた。

「こっちも戸隠巫女を始末している。属の違う忍が出会ったならば、当然の結果よ。どちらかが死ぬ」

三枝鋳矢が断じた。

「組頭、こんどの任はいくらもらえる」

配下のなかでもっとも若い伊賀者が訊いた。

「相手が真田だ。少し大目に願おうと思っておる」

「いくらじゃ」

別の伊賀者が身を乗りだした。

「百両」

「おおう」

金額に伊賀者たちがうなった。

「いつものように、儂が二割、残りを一同で配分でいいな。割りきれぬ端数は、儂の取り分から出す」

「一人九両か」

配下がつぶやいた。

「ありがたいの」

「年の瀬もせまっておるでな。金はいくらでも要る」

三十俵二人扶持は、米にして年十二石、そのすべてを売ったとして十両少しにしかならない。腕のいい大工の日当が六百文、人足で二百文ほどである。月にして大工が四両少し、人足は一両二分の収入となる。年になおさずとも、伊賀者よりはかなり多い。

「雀の涙ほどの俸禄は、門番代じゃ」

伊賀者は割りきっていた。

戦国の闇を支配した伊賀者は、近江《おうみ》の大名六角《ろっかく》氏の庇護下にあった。しかし、六角氏は織田信長によって滅ぼされ、伊賀も蹂躙《じゅうりん》された。化生《けしょう》の者とまで怖れられた伊賀者の技を嫌った信長が天下を取っていたならば、忍は絶えていたかもしれない。しかし、その信長が横死した。信頼していた家臣明智光秀に裏切られて四十九歳の生涯を閉じた信長は、伊賀者へ生活の道を遺《のこ》してくれた。徳川家康との出会いであった。

本能寺の変のおり、堺にいた家康は、明智光秀の手を逃れて本拠三河まで帰るという苦難に陥った。その家康を守ったのが二百人の伊賀者であった。伊賀者は徳川家康を迎え、三河まで無事に送り届けた。

家康はこれを功として伊賀者を幕臣とし、伊賀組を創設した。しかし、扱いが悪すぎた。忍を化生の者として忌避した信長の影響もあったのだろうが、家康はいわば命の恩人を同心という最下級の御家人とし、江戸城諸門の門番にした。

この足軽同様の扱いに、伊賀者たちの不満が爆発し、江戸で叛乱《はんらん》を起こした。忍の叛乱は江戸を混乱させたが、旗本の総動員に近い包囲を受けて、伊賀者は降伏し、同心身分は固定された。

本来ならば、伊賀組解体、首謀者となった伊賀組小頭たちは死罪となるべきである。組の分割だけですんだのは、家康の危難を救ったということも一因だったが、なによりも幕府は、忍のすさまじさを知ったからであった。

完璧な包囲をくぐり抜けて、伊賀者は江戸の夜を跳梁《ちょうりょう》し、旗本たちを翻弄したのである。食糧や矢玉の補給さえどうにかなれば、叛乱はもっと続けられた。

伊賀組の実力を思いしった幕府は、伊賀者を大名潰しの隠密として使うことにした。

しかし、叛乱を起こした伊賀者の身分を引きあげたり、禄を増やすことは、できなかった。そこで、幕府は任務をおこなうごとに金を渡すことにした。用のたびに金を受けとる。伊賀者は忍という本来の姿を取りもどしたのであった。

「誰が行く」

三枝鋳矢が、志願を募った。

「真田なれば、相手に不足なし」

「祖父の敵討ちじゃ」

「吾も戸隠巫女と戦ってみたい」

三人が手をあげた。

「山手、葛城《かつらぎ》、柏原か。よかろう。一カ月でやってみせよ」

名乗り出た面々を見て、三枝鋳矢が許可した。


松平伊豆守の訪問を受けた翌日から、松代藩真田家上屋敷を伊賀者が見張った。

「弱みと言えば、なんだ」

薄汚れた小袖《こそで》に破れた袴《はかま》、仕官を求めて大名屋敷を渡り歩いている浪人姿の伊賀者山手五太《いつた》がつぶやいた。

「海に面している藩ならば、抜け荷」

天秤棒《てんびん》を担いだしじみ売りに扮している葛城恭也《きょうや》が答えた。

「抜け荷であれば、致命傷だが、あいにく松代に海はない。それに匹敵するものといえば、隠れきりしたん」

願人《がんにん》坊主に化けた柏原権太《ごんた》が、話を続けた。

「隠れきりしたんにもつらかろう。真田の領地はずっと関東じゃ。これが西国ならまだしも」

山手が否定した。

三人はまったく関係のない者のように、おのおの勝手な方向を向いている。

「そこまで大事ではないが、幕府に知られてまずいとなれば、隠し田か」

葛城が言った。

隠し田とは、幕府に届けていない田畑のことである。幕府のおこなった検地をごまかして隠したか、それ以降に新田開発したかの違いはあるが、罪であった。

大名の石高は幕府によって定められている。それをこえることは、大名のひそかな余得となり、その金で武備を整え、幕府へ叛旗を翻すかも知れない。もっともあまり細かくつついては、かえってよくないことになると、それほど目くじらを立ててあばきたてはしないが、表沙汰になれば放っておくわけにはいかない問題であった。

「隠し田の証拠か。松代までいかねばならぬか」

柏原が苦い顔をした。

江戸から松代まではおよそ五十三里(約二百十二キロメートル)である。忍の足ならば二日もかからないが、行くとなれば手間も費用もかかり、経費が増えると手取りが減る。

「いや、隠し田からのあがりは、かならず江戸屋敷にもたらされるはずだ。それを探しだせばすむ」

お経を唱えながら柏原が歩きはじめた。

「なるほどな。なれば、今夜やるか」

しじみの入ったざるを揺すりながら、葛城が立ちあがった。

「戸隠巫女の気配もないようだしな」

最後に肩を落とした山手が、真田家の前を通りすぎていった。

十二月に入ったとはいえ、まだ月初めである。江戸の夜に月はあっても頼りなく、地上はほとんど闇であった。

「葛城、ここを頼む」

「承知」

山手の言葉に葛城がうなずいた。

忍はかならず退路を確保してから、目的の場所へ侵入した。忍にとってなにより大切なのが、報告だからである。

いくら厳重に守られた秘密を知ったところで、戻ることができなければ、任務を果たしたことにはならない。強敵を何人倒したところで、生きて帰らなければまったくの無意味なのだ。

真田家の上屋敷に忍び込む山手と柏原は、万一の備えとして葛城を塀の外へ残した。

「行くぞ」

山手が腰に差していた太刀を地面に突きたて、鍔《つば》を足がかりに塀へと登った。

「…………」

しばらく気配を探った山手が、手で合図を送った。続いて柏原も塀の上へと場所を替えた。

握っていた下緒を引っ張り、太刀を回収した二人が、屋敷のなかへ姿を消した。

大名屋敷の造りはどこも似たようなものである。手を伸ばした先がようやく見えるかどうかという暗闇にもかかわらず、伊賀者二人はなんなく庭を横切り、屋敷にとりついた。

「…………」

無言で山手が、指を上に向けた。

「…………」

沈黙したままの柏原が首を振り、指先を下にした。

首肯した山手が、まず屋敷の床下へと潜り込んだ。異状がないかどうかを見るため、一拍おいて柏原が続いた。

大名屋敷の床下は狭い。これは、下から藩主を刀や槍で狙われないようにするためであり、立つどころか中腰となることもできなかった。

狭い床下を伊賀者二人は、地上を行くがごとく疾《はや》さで這《は》いながら進んだ。

「ここらあたりか」

山手が床板に触れた。

忍の発声は独特である。喉《のど》の奥を震わせることで、目的とした相手だけしか聞こえないようにしていた。

「切るぞ」

柏原が懐からしころを出した。

しころとは携帯用の鋸《のこぎり》である。銀杏《いちょう》の葉に似た形をした鉄製の両刃で、てのひらと同じような大きさをしていた。先端は鋭く尖っており、錐《きり》の代わりともなるうえ、いざとなれば手裏剣代わりに使うこともできた。

音をたてないようにゆっくりと柏原が床板を切った。

床板をはずした柏原に代わって山手が畳を持ちあげた。

わずかに持ちあげて明かりがないことを確認した山手は、すっと畳の隙間《すきま》から部屋へと入った。周囲の気配を探った山手が、畳を叩いた。柏原が音もなく畳を持ちあげた。

「探すぞ」

「うむ」

山手が懐中火縄を取りだした。分厚い革の袋にあらかじめ入れてあった火縄を明かり代わりに使って、部屋のなかをあらためる。

隙間がないほど机が並べられ、山のように書類が積まれていた。

「勘定方の部屋か。好都合よな」

柏原がうなずいた。

置かれている書類には、びっしりと数字が書きこまれていた。

小半刻《こはんとき》（約三十分）ほど探したが、目的のものは見つからなかった。

「ものがものだけに、家老あたりでないと知らされておらぬか」

山手がつぶやいた。

「かもしれぬな」

同意した柏原が、襖《ふすま》を少し開けた。

「不寝番もおらぬな」

「大名屋敷に忍び込む者などおらぬと思っておるのだ」

すばやく廊下に出た二人は、次の部屋へと進んだ。

「ここではないか」

三つ目に開いた部屋は、さきほどの勘定方ほどの広さでありながら、机はわずか一つしか置かれていなかった。

「とにかく探るしかない」

二人は手分けして部屋をあさった。

「これは……」

戸棚の奥に押しこめられていた書類を取り除いた山手が手を止めた。

「奥に何かあるぞ」

山手が手を突っ込んだ。軽い音がして板がはずれた。

「隠し戸棚だ。なかになにかある」

「それだ。出せ」

柏原が火縄を近づけた。

「題名がないぞ」

「開けてみろ」

柏原も顔を寄せた。

表紙をめくった山手が、内容を見て絶句した。

「これは……人の名前が連なっているだけだ。そんなものが、なぜ秘されるように、隠し戸棚の奥へ隠されていた」

「草の名簿よ」

不意に声がかけられた。

「なにっ」

「馬鹿な」

まったく気配を感じなかったことに、伊賀者二人が驚愕《きょうがく》した。

あわてて身構える伊賀者の前で、襖がゆっくりと開かれた。姿を現したのは、裃《かみしも》を身につけた藩士であった。

「何者ぞ」

低い声で山手が問うた。

「そちらこそ何者ぞ。当家に夜中忍び込むなど、尋常ではあるまいが」

藩士が逆に訊いた。

「もっともおまえたちの正体など尋ねずともわかっておるがな。幕府の隠密、いや、伊賀組の忍よ」

「…………」

答えず、山手が懐へ手を入れた。すばやく棒手裏剣を握り込み、続けざまに投げた。

「ふん」

鼻先で笑いながら、藩士はすべてをかわした。

「きさまも忍か」

尋常でない動きに、柏原が追及した。

「忍……違うな」

藩士が首を振った。

「儂はな、その名簿の筆頭に載っておる者よ」

「なにっ」

忍らしくない声を山手が出した。

「草だというか。草ならば、なぜ我らの邪魔をいたす」

柏原が詰問した。

「ふん。草は、土によって変わるのだ」

「御上を裏切ったのか」

「武士は、禄をくれる人に仕えるもの。今の儂は徳川から一俵の米ももらっておらぬわ」

柄に手をかけて藩士が告げた。

「…………」

山手が忍刀を抜いた。柏原も懐から手裏剣を出した。

「無駄なことを」

太刀を抜きざまに、藩士が動いた。

「しゃ」

柏原が手裏剣を撃った。三間（約五・四メートル）ほどしかない間合いながら、藩士は手裏剣を太刀で弾《はじ》いた。

「しゃあぁ」

太刀先が乱れたのを見て、山手が忍刀で斬りかかった。

いていた。

「……………」

切っ先が届く寸前、山手は後ろに跳んだ。山手がいたところを深々と槍の穂先が貫いていた。

「さすがは伊賀者と褒めてあげましょう」

隣の部屋から涼やかな女の声がした。

「……………」

顔を見あわせた山手と柏原の前に若い女が姿を見せた。

「……戸隠巫女」

山手が見抜いた。

「お初にお目にかかりまする。神祇衆の霞と申しまする」

手槍を抱えて出て来たのは霞であった。

「太田川さま。わたくしが剣を持つほうを」

「承知」

霞の声かけに、藩士が首肯した。

「ちっ」

舌打ちをして山手が霞の手槍のけら首めがけて斬りかかった。穂先を飛ばしてしまえば、槍はただの棒になりさがる。

「愚かな」

槍を繰り込んで、霞が避けた。

「…………」

得物が引いたところへ、山手がつけ込んで間合いを縮めた。

「しゃあ」

忍刀は、屋根裏や床下で引っかからぬよう、太刀より短くなっている。間合いが一間半（約二・七メートル）となったところで、山手が一閃《いっせん》を送った。

喉へ向けて放たれた一撃を、霞は身をそらしてはずし、崩れた体勢のまま手槍を突きだした。

「つっ」

当たらなかったとわかった瞬間に、身をよじったことが山手の命を助けた。手槍は山手の脇腹をかすっただけであった。

「ぬん」

太田川が、太刀を脇に引きつけながら、間合いを縮めた。

「しゃ、しゃ、しゃ」

息を吐くような気合いを発して、柏原が手裏剣を放った。

「せいっ」

太刀を振って、太田川が弾いた。

「ちぃい」

手裏剣が切れた柏原が忍刀に手を伸ばした。

「…………」

身体ごとぶつかるように柏原が迫った。

「おう」

太田川が太刀で迎え撃った。

屋内で太刀を上にあげれば天井板にぶつかる。太田川の一撃は、脇構えから水平に出された。

「…………」

とんぼをきって柏原は、一刀を避け、そのまま太田川の上をこえて逃げようとした。

「逃がしませぬ」

山手と対峙《たいじ》していた霞が手槍を投げた。

ふかぶかと手槍が柏原に刺さった。

「ぐええ」

襖を破って柏原が落ちた。

手槍を失った霞へ山手が肉薄した。

「そうはいかぬ」

狭い室内である。太田川の太刀が、山手を牽制した。

「忍の仕事は生きて帰ること。敵ながらなかなかにやる」

山手の攻撃にもあせることなく、逃げ出そうとした柏原を、霞が褒めた。

「しかし、生きて帰られては困るのだ。悪く思わんでくれ」

霞が守り刀を抜いた。

「小刀でなにを……」

嘲《あざけ》ろうとした山手が、崩れた。

二間の間合いを一瞬でなくした霞の一撃が、山手の心臓を突いていた。

「血で汚しては手間がかかる」

霞は守り刀を刺したまま、山手の懐を探った。

「縮地《しゅくち》の術でござるか。初めて拝見いたしたが、お見事でござる」

太田川が太刀を鞘《さや》へしまいながら感嘆した。

「足さばきだけの術でございまする」

褒められた霞が、たいしたことではないと応えた。

「ところで、やはりなにもありませぬか」

山手の身体をあらためている霞に、太田川が問うた。

「なにも……」

霞が首を振った。

「あちらは……」

振り向いた太田川の前で、虫の息となっていた柏原が懐から笛を出して吹いた。

「しまった」

太田川が、手槍を摑《つか》んでこじた。

「うっ」

夜空を裂いて響いた甲高い音は、柏原が息絶えると同時に止まった。

「連絡したか」

霞が屋敷の外へ目をやった。

笛の音は外で待っている葛城の耳にしっかり届いていた。

「やられたな。組頭さまへ報告を」

風のように葛城が、去った。

三

夜半にもかかわらず、太田川の目通り願いを信之は許した。

十八年前に正室本多忠勝の娘小松を失ってから、信之は奥へ入ることはなくなり、表御殿の藩主御座の間で起居していた。

「来たか」

太田川の顔を見た信之が用件をさとった。

「はっ。伊賀者と思われる忍が二人、勘定方の部屋とご執政の間を探っておりました」

「勘定方だと……なるほど隠し田を探りに来たか。鉄炮の数と隠し田か。あまりに順当すぎるの」

信之が読み取った。

「隠れ蓑かと」

太田川も首肯した。

「手段としては妥当なところであるな。事実、我が藩には隠し田があるからの」

あっさりと信之が認めた。

「殿、あまり公言なさるのは……」

渋い顔で太田川が、止めた。

「この部屋は神祇衆によって囲まれておる。たとえ伊賀者でも、儂らの話を耳にすることはできぬ」

「しかし……」

「うるさいことを言うな。ここ以外では我慢のしつづけなのだ。江戸城でも、屋敷のうちでも、本音を隠して上っ面《つら》の言葉ばかり吐いておる。少しは好きにさせぬか」

言いつのろうとした太田川へ信之が文句をつけた。

「はあ」

藩主からそう命じられては、家臣に言い返す言葉はない。太田川は、しぶしぶ了承した。

「今宵は大炊頭の仕業ではないな」

信之がつぶやいた。

「あやつなら、隠し田などを探らせはせぬ。国元のことは嫌がらせ。江戸では、もっと陰湿な手を使う、いや、すでに使っておるのだろうが。なにをしでかす気かはまだわからぬがの。今回のことは、大炊頭に指示された老中、松平伊豆守か、阿部豊後守あたりの仕業であろう」

「なるほど」

太田川も納得した。

「申しわけなき仕儀ながら、屋敷外にいた一人を取り逃がしましてございまする」

深く太田川が頭をさげた。

「それでいい。隠密は殺され損が決まりじゃ。伊賀者二人を殺したであろうなどと、幕府が申してくることはない。他人の目さえなければ、どうやっても構わぬ。屋敷のなかでやったことを見られたならば、追いかけてでも始末せねばならぬが、神祇衆はそこまで間抜けではない。わざと逃がしたのであろう、新無斉」

信之が天井に向けて言った。

「……おそれいりまする」

すっと天井板がずれて、初老の男が落ちてきた。

「飯篠どの。霞どのに助けられましてござる」

「太田川どの。娘がかえって邪魔をいたしました」

礼を言う太田川に、飯篠新無斉が首を振った。

「あとにいたせ。儂は疲れておる。年寄りの眠りは浅く短い、貴重なときを潰すな」

世間話を始めそうな二人を、信之が叱った。

「申しわけございませぬ」

あわてて二人が詫《わ》びた。

「で、どうであった」

信之が新無斉に問うた。

「逃げた一人は、四谷の伊賀者組屋敷へ戻りましてございまする。さすがになかまでは入りこめませんでしたが」

「屋敷を確認しただけでも見事よ。神祇衆、いや戸隠巫女の腕は落ちておらぬな」

満足そうに信之が首肯した。

「目は残してございまする。伊賀者がどこへ報告に行こうとも、けっして見逃すことはございませぬ」

新無斉が胸を張った。

「けっこうだ」

「そういうことでございましたか」

わざと逃がした理由に、太田川が納得した。

「それだけではないがな。一人逃してみせたことで、神祇衆の実力を隠すことができよう。出した者すべてが帰ってこなければ、伊賀者の警戒も一段とあがろう。それを防ぎ、まだどうにかなると思わせておくことが肝要なのだ」

「探らせるだけ探らせて、帰したほうが、より油断を誘えましょうに」

太田川が訊いた。

「やりすぎるとな、かえって警戒をもたせるものだ。幕府からにらまれている外様大名に、隠密を防ぐための役目があるのは知られている。薩摩の捨てかまり、上杉の軒猿、伊達のお盾衆、藤堂の無足人、そして真田の戸隠巫女。これらが忍び込んだ伊賀者を迎え撃ちもしないのは、あまりにわざとらしかろう。掴んできた秘密が、本物でないどころか、幕府を罠《わな》にはめるためのものかも知れぬと疑念をもたれるだけじゃ。屋敷に入り込んだ伊賀者は倒し、外の者は見逃す。これがよい案配というものよ」

信之が説明した。

「しかし、……何人じゃ」

忍び込んだ伊賀者の数を信之が尋ねた。

「二人でございまする」

指を二本立てて、太田川が答えた。

「二人の伊賀者を殺したことには違いない。仲間の死に伊賀はかならず復讐《ふくしゅう》するという。次は本式に来るだろうな。老中あたりの命令ではなく、伊賀の面子《メンツ》をかけて戸隠巫女を潰しにな」

信之が重く述べた。

「覚悟のうえでございまする」

新無斉が応えた。

「上杉と武田の争いに巻きこまれ、滅びるしかなかった戸隠神社の者たちへ手をさしのべてくださった真田家に殉ずるならば本望でございまする」

「殉じられては困る」

きっぱりと信之が首を振った。

「いつまで徳川の天下が続くかはわからぬ。しかし、生者《しょうじゃ》必滅会者《えしゃ》定離《じょうり》は世の常じゃ。いつかは幕府も滅びるときが来よう。かといって真田が天下の主となることはない」

冷静な表情で信之が語った。

「誰が天下を取ろうとも真田は、その下で生き続けねばならぬ。百年、二百年、いや千年と代を重ねての。でなくば、父昌幸、弟幸村の決断は意味がなくなってしまう。なにがあっても真田の名跡を絶やしてはならぬ。そのためには戸隠巫女こと神祇衆の力が要るのだ。たかが伊賀者と相討ちなどされてはたまらぬ。神祇衆もまた真田とともに生き続けてくれ」

「かたじけのうございまする」

新無斉が平伏した。

「太田川」

信之が呼んだ。

「ご懸念なく。草は土がなくば生きていけませぬ。植え替えられたことに気づかぬ愚かなものは枯れさせましょうが、この真田という土で生きていくと決めた草は、花を咲かせ実を結び、より深く根を張りましょうほどに」

よどみなく太田川が述べた。

「まことうらやましいわ。義父本多中務大輔どのは、そこまで家臣たちに慕われ、信頼されていたかと思うとな。いや、これほど忠義な者をよくぞ儂に分けてくださった。とても儂のおよぶところではない。儂ならば、忠義な者ほど惜しく、決して手放せまい」

「神君さま、中務大輔さま、そして安房守さまの決意に比べれば、我らの覚悟などさしたるものではございませぬ」

太田川が首を振った。

「そうじゃな。我らはすでに亡き三人の先達の願いをつむぎ続けねばならぬ。多少の犠牲はやむをえぬと割りきらねばな」

強い口調で、信之が告げた。

斬馬衆としての連日勤めはなくなった伊織だったが、毎日磨いていた大太刀は、藩からの借りものとして預けられていた。

「これが大太刀……」

屋敷で斬馬刀の手入れをおこなう伊織を霞が興味深げに見た。

霞は、あれ以来、ずっと伊織の屋敷に朝から通ってきていた。

「持たせていただいてもよろしいか」

「抜かれるな」

釘を刺してから、伊織は大太刀を霞に手渡した。

「……なんと」

両手で受けとった霞が、よろめいた。

「これほど重いのか、大太刀とは」

立っていられなくなった霞が座り込んだ。

「馬の足を骨ごと斬りとばさねばなりませぬゆえ、肉厚になっておりまする」

鞘の中央を両手で摑んで、伊織は大太刀を取りもどした。

「仁旗どのは、これを抜いて振るえるのでござるな」

霞が確認した。

「できねば、役目は果たせぬ」

「拝見いたしたい」

変わらぬ堅い口調で霞が頼んだ。

「よろしかろう」

弥介に目配せして、伊織は中庭へ降りた。

「準備を」

「若……無理はいけませぬぞ。大太刀に傷一つつけても、仁旗の家は潰れまする」

ついてきた弥介が忠告した。

幕府によって三尺以上の大太刀の製造は禁止されている。刀鍛冶《かじ》に命じれば作ることはできる。しかし、幕府の禁令を破ったと知れれば、藩が潰された。つまり、大太刀を失えば、ふたたび手にすることはできなかった。

「わかっている」

ゆっくりと伊織はうなずいた。

「二本だけでございますからな」

念を押して、弥介が蔵から古畳を二つ持ちだしてきた。少し離して畳を立てると、倒れないように青竹で固定する。

「弥介」

大太刀の柄を両手で握って、伊織は鞘を差しだした。

「はっ」

膝を突いて、弥介が鞘を握った。

「ぬん」

身体をひねるようにして鯉口《こいぐち》をきる。

「抜きまする」

弥介が鞘を持って引いた。

「むう」

鞘から出てくる白刃の迫力に、縁側から見ていた霞がうなった。

「はずれましてござる」

鞘を握った弥介が、三歩下がった。

「おう」

伊織は大太刀を垂直に立てた。

重心が中央より前にある大太刀は青眼に構えることが難しい。切っ先がどうしても下がってしまう。それを防ぐには、腕へかなりの力を入れなければならなかった。

大太刀を支えるだけで疲れては、実戦など夢のまた夢である。大太刀はいざ振るうまで、もっとも重心が安定するこの姿勢を取った。

「飯篠どの、参るぞ」

「拝見つかまつる」

霞が軽く頭をさげた。

天を突くような構えのまま、伊織は畳に近づいた。足の裏を地面へつけたまま、擦るような足取りで、間合いを詰めると、ほんの少しだけ、大太刀を後ろへ傾けた。

「神道無念流、打ち太刀の一。両断」

膝と腰を曲げた伊織は、大きく息を吸うと、静かに吐きだしながら、大太刀を落とした。

「……ええい」

最近の鍛錬がきいたのか、大太刀は、見事に畳を半分斬ったところで、止まった。

「…………」

霞が目を大きく開いた。

「打ち太刀の二。暁光」

大太刀を伊織は右脇に移した。切っ先が下がらぬよう力が入り、伊織の二の腕が張った。

「……りゃああ」

伊織が水平に振った大太刀は、畳を真横に両断した。

「すごい」

霞が思わず感嘆した。

「拭い紙」

「はっ」

鞘をそっと地に置いて、弥介が懐から拭い紙を出した。乾燥させてあるとはいえ、古畳は水を含んでいる。わずかだが、そのまま鞘に納めては錆《さび》の原因となりかねなかった。

丹念に弥介が刃を拭いた。

「納めまする」

弥介が、拾いあげた鞘を切っ先にあてがい、静かに大太刀を仕舞った。

「お粗末でござった」

大太刀を両手で抱えなおした伊織は、霞へ一礼した。

「お見事でございました」

ていねいな返礼をした霞が、素足のまま中庭へ降りて、半分まで斬られた畳に歩みよった。

「…………」

水平断された畳には目もくれず、じっくりと霞は切り口を観察していた。

「畳の割れがない……」

霞が驚嘆の声をあげた。

畳というのは藺草《いぐさ》を縦横に編んだものを重ねて作る。縦に編んだ一枚の下に横に編んだものを、そのまた次に縦をと繰り返して厚みを出す。刀などで斬れば刃の入った方向と合致している編み目は、勢いに押されて裂けるようになるのが普通であった。

一撃の勢いを、伊織がきっちりと止めた証拠であった。

「すさまじいの一言につきまする。されど、これは忍には通じませぬ」

「なぜでござる。たとえ着込みを身につけていようとも、真っ向から断ち割ることができますぞ。なにより、大太刀の一撃は、普通の太刀より疾く、遠くまで届きまする」

伊織は抗弁した。

「撃に入れば、まさに言われるとおりでござろうが、あまりに発が遅すぎる。太刀を構えてから撃つまで、これだけの間があれば、忍は一町（約百十メートル）逃げまする」

首を振りながら霞が述べた。

「出が遅いか」

言われて伊織は苦笑した。

大太刀を振るうには、十分なためが要った。丹田《たんでん》をおさめ、全身に力をためねば、大太刀に振りまわされて、敵を斬るどころか、己が大怪我をしかねない。

「弥介、大太刀を頼む」

伊織は弥介に大太刀を預けた。

「はい」

弥介が大太刀を受けとって、両手で捧げ持った。

「出の疾いのをご覧いただこう」

左手で鞘口を摑んだ伊織は、ふたたび畳に向かった。

「おう」

間合いが二間を割ったところで、伊織は右手で柄を握ると、腰を落とした。

「りゃあああ」

裂帛《れっぱく》の気合いとともに、伊織は太刀を抜いた。

「…………」

畳の角が斜めに吹き飛んだ。

「居合いか」

霞が、驚きの顔を見せた。

「重と速、二つを持つか」

「いかがでござる」

太刀を鞘に戻して、伊織は問うた。

「重ねてお見事と申しあげよう」

すっと霞は立ちあがると、帯に差していた守り刀を抜いた。

「お相手つかまつる」

霞が、伊織に向かって駆けた。

「なにをっ」

驚愕しながらも、伊織は迎撃の体勢を取った。剣士としての本能であった。

「…………」

三間（約五・四メートル）手前で、霞が消えた。

「上か」

霞の姿を確認する愚を伊織はおかさなかった。

軽く落としていた腰を伸ばすようにして、伊織は後ろへ跳んだ。

「ふっ」

伊織の立っていたところへ着地した霞が、その反動を利用して追撃してきた。

「ちっ」

中庭は狭い。これ以上引くことは、自ら袋小路に入ることになりかねなかった。

伊織は、鞘ごと太刀を抜いて振った。

「…………」

軽々と霞が、これを避けた。

「止められよ」

鞘ごとの太刀を構えながら、伊織は説得した。

「…………」

応じることなく、霞が突っ込んできた。

「つっ」

信之から遣わされた霞を傷付けるわけにはいかないと、躊躇《ちゅうちょ》したのが悪かった。

伊織はわずかにかわしきれず、左肩をかすられた。

「はっ」

初めて霞が気合いを漏らした。伊織の横をすぎしなに、鋭く守り刀を振った。

「くうっ」

左の脇腹を的確に狙ってきた一刀を伊織は鞘で弾いた。

「…………」

鞘が守り刀に当たった瞬間、霞が跳んで間合いを開けた。

「なぜなのだ」

あからさまに殺す気を見せる霞に、伊織は問いかけた。

「居合いが忍相手に役に立つかどうか、御自身で見きわめられよ。わたくしは、本気でございまする。遠慮はご無用」

守り刀を、霞が逆手に握った。

「ばかな、そんなことのために命をかけるのか」

伊織は、憤慨した。

「そんなこと」

霞の瞳が光った。

「このたびの任には真田の命運がかかっておるとおわかりのはず。それを軽視されるか」

「そういう意味ではない。わたくしと飯篠どのが、戦う意味はないと申しておる。われらは力を合わせて、幕府に立ちむかわねばならぬ」

「役に立たぬ相手と組んでも無駄。藩を守るには、味方を犠牲にせねばならぬこともある。その覚悟が貴殿にあるか」

守り刀を前に突き出すようにして、霞が間合いを詰めてきた。

「すでに上屋敷は一度伊賀者に入られておる」

「なんだと」

伊織の驚く隙に二間（約三・六メートル）だった間合いが一間半（約二・七メートル）に縮んだ。

太刀にとって一刀一足の間合いは二間だという。それに比して刃渡り七寸（約二十一センチメートル）ほどしかない守り刀の間合いは一間弱（約一・五メートル）ほどである。普通に考えれば、伊織が有利であった。

「……若」

弥介が、思わず足を踏み出した。

「来るな」

伊織は、叫んだ。霞の動きが伊織には読めていなかった。来ると思えば引き、引くと思えば迫り来るのだ。

予想のできない相手と戦っているときに、他の誰かが紛れ込むのは、より一層の混迷となる。

「…………」

叫びを隙と見たのか、霞が肉薄してきた。

「せいっ」

鞘ごとの太刀を伊織は下段から斬りあげた。伊織の起こした剣風に乗るような身軽さで、霞がかわした。

「遅いわ」

霞が言った。

「……うぬう」

伊織もわかっていた。鞘におさまったままの剣では、空気を断り裂くことができない。刃速が鈍くなっていた。

「抜く覚悟もないか」

あざけりを霞が口にした。

「おのれ……」

嘲笑《ちょうしょう》されて、伊織は怒った。

しかし、居合いの極意である鞘走りを遣うことはできなくなっていた。鞘ごと抜いた太刀から、鞘だけを取るのは難しい。どうしても一拍以上の手間がかかる。

鞘は腰にあればこそ、太刀は片手で抜けるのだ。空中にある鞘をはずすには、どうしても太刀を水平にしなければならない。その間、伊織は攻撃も防御もできなくなる。

わずかな間ではあったが、霞が伊織の首に刃を突きたてるには十分であった。

「一カ月あまり、起居を共にして気づきました。仁旗どの、貴殿には人の命を断つだけの覚悟がない」

霞が殺気を膨らませた。

「鞘ごと太刀を抜いたが、その証拠。命の遣り取りに情けなど入る隙間はございますまい」

じりじりと霞が間合いを詰めてきた。

「幕府の隠密とわかれば、躊躇なく葬れる。そうでなくば、このお役目つとまらず」

「……………」

ぶつけられる殺気に、伊織はたじろいだ。己の命を奪うことに霞はなんの遠慮も感じていない証拠であった。伊織はあらためて命の瀬戸際を認識した。

「では」

霞が別れを告げた。

幻のように霞が消えた。伊織は咄嗟《とっさ》に太刀を頭上へかざした。音がして、太刀がしなるように沈んだ。

跳びあがった霞が、伊織の頭上目がけて落ちてきたのであった。

「やあ」

太刀で持ちあげるように伊織は霞を押した。

猫のように軽々と霞が空中を移動した。

「なかなかに鋭い。なれど、これで終わりにいたしましょう」

赤い唇を霞がゆがめた。

「………………」

鞘ごと抜いた太刀の構えを、伊織は変えた。大太刀のようにまっすぐ立て、軽く腰と膝を曲げ、背筋を後ろへ反らした。

「無駄なこと」

霞が走った。

「若……」

伊織の意図をさとった弥介が息をのんだ。

「………………」

声なき気合いを発して霞が跳ねた。守り刀がまっすぐに伊織の喉を突いた。霞の着ている小袖が、白い羽衣のように舞った。

「……はあ」

神道無念流大太刀独特の声をあげて、伊織は鞘ごとの太刀を振りおとした。

大太刀の技を普通の刀で遣ったのだ。目にも止まらぬ早さで太刀が落ち、霞の守り刀を弾きとばした。

「なにっ」

間合いのない守り刀を遣った霞も無事ではすまなかった。

守り刀を弾きとばした伊織の一刀は、勢いを遺したまま伸びていた霞の右手に痛撃を加えた。

霞の右手が肘の先で折れた。

「……………」

驚き以外の声をあげなかったのはさすがだったが、霞は右手を押さえて、うずくまった。

「鞘がなければ、腕はなくなっていたか。いや……」

右手をかばいながら、霞が立った。

「わたくしの踏み込みが浅かったのではない。貴殿の一閃が早すぎた。でなければ、わたくしの首の骨は砕けていた」

霞が、驚きをすなおに表していた。

「見切ったと思っていたが、大太刀の技はすさまじい」

「折れているではないか」

伊織は、ようやく霞の状態に気づいた。

「遅い。というより無心か。おそるべき」

霞が痛みによる汗を掻《か》きながら、苦笑した。

「弥介、医者を」

「要らぬ」

あわてる伊織を霞が制した。

「骨が割れただけだ。このていどならば、対処の仕方を心得ておる」

右手を胸へ抱え込むようにして固定すると、霞が左手で折れた部分を握った。

「ぐっ……」

苦痛に、霞が一瞬眉をしかめた。

「あとは添え木をして、布で縛っておけば勝手に治る」

霞が、伊織に顔を向けた。

「さて、どうする。こんな剣呑《けんのん》な女を身近におけぬというならば、代わりの者をよこす。やっと忍と戦うだけの肚《はら》ができたようだからな」

「本気であったのだろう」

伊織は、霞の行動が偽りであったとは思えなかった。

「ときがないと最初に申したはず。覚悟がいつまでもできぬならば、貴殿にかかわっている暇がもったいない。駄目ならば見捨てるつもりであった」

正直に霞が告げた。

「見捨てる……引導を渡すつもりであったろうに」

霞の言いぶんに、伊織はあきれた。

「また試されてはかなわぬ。貴殿でいい」

伊織は、守り刀を拾いあげた。

「よいのか。油断をすれば、またやるぞ」

霞が問うた。

「…………」

黙って伊織は守り刀を差し出した。

第三章　存亡の刀

一

真田伊豆守信之は月次《つきなみ》登城で江戸城へあがっていた。

月次とは、江戸に在府している大名たちが、毎月朔望《さくぼう》末の日、将軍家へご機嫌を伺うため登城することであった。朔は一日、望は満月の日、転じて十五日のことであり、末は月の終わりである。

江戸城へあがった大名たちは、あらかじめ家格によって決められている場所で一日過ごす。将軍家への挨拶という儀式はすでに形骸《けいがい》となっていた。

真田家は白書院下段の間東にある帝鑑の間の襖《ふすま》際に座することとなっていた。

帝鑑の間は家康の次男を始祖とする越前松平家の分家、古来譜代の大名、寄合旗本と徳川にとって由緒ある大名に与えられる格である。信之は家康の娘婿として、この場にいる許しを得ていた。また、家格も関ヶ原以前に徳川へ味方していたということで、外様ながら譜代格を与えられている。

白書院は将軍が大名や役人の謁見に使う場で、そこに近い帝鑑の間に席を与えられるというのは、大名にとって栄誉であった。

帝鑑の間へと向かう信之は、紅葉の間前廊下にたたずむ人物を発見した。

「大炊頭……」

信之は、土井大炊頭の目が己に向けられていることをさとった。

「いきなり、儂のもとへ話を持ってくるつもりか」

巨大な勢力を渡り歩くことで生きのびてきた真田である。いつなんどきどのようなことがおこっても大丈夫なように、常日頃から調べを怠ってはいなかった。

信之は、幕府のなかで近々大きな普請がおこなわれるだろうと知っていた。

「やはり真田を狙っておるか」

避けて通ろうにも、殿中で廊下は一本しかない。あからさまに踵《きびす》を返すことなどできなかった。

「おはようございまする。ご執政さまには、ご機嫌うるわしく」

二間（約三・六メートル）ほどに近づいたところで、信之は足を止めて頭をさげた。

「おおっ、伊豆守か。そなたも健勝のようでなによりじゃ」

「かたじけないお言葉をちょうだいいたし、恐悦いたしまする」

今、気づいたかのような土井大炊頭の反応にも、信之はにこやかな笑いを崩さなかった。

「しかし、執政筆頭ともあろうお方が、このようなところへ……」

わざと信之は首をかしげて見せた。

御用部屋から白書院は離れている。帝鑑の間にいる大名に用があれば、御殿坊主を使いに出せばすむ。老中には、御三家であろうとも呼びつけるだけの権威があった。

「なに、ちと考えごとをしておったのよ。歩きながらというのは、なかなか考えをまとめるによいのでな」

「さようでございましたか。でございますれば、お足を止めるは御用の妨げ。これにて失礼をさせていただきまする」

信之は一礼して、土井大炊頭の右を通りすぎようとした。

「待て、伊豆守」

土井大炊頭が止めた。

「まだ、なにか」

振り返った信之は尋ねた。

「少し知恵を借りたい」

「ご老中首座さまが、わたくしごときになにを」

驚いた顔を信之はした。

「いや、真田は、なかなかに政も行き届き、裕福だと聞いた。その経験をちと儂の役に立ててもらいたい」

じっと土井大炊頭が信之の瞳を見つめた。

「…………」

すぐに罠《わな》だと信之は気づいた。土井大炊頭の言葉を否定するのは簡単であるが、そうすれば藩政に問題ありと言ったも同然になる。また、肯定すれば、真田に金があると認めることになった。

「我が藩政をお褒めにあずかり光栄に存じまする。ですが、わたくしは上様のなさることをお手本として松代を治めておるだけでございまする」

「……ううむ」

信之の答えに、土井大炊頭がうめいた。家光の名前を出されれば、いかに老中首座といえどもそれ以上追及できなかった。

まねていると言われてしまえば、金に余裕があるなら出せとは続けられないのだ。幕府の金蔵は、二度の天守閣建造などですでに底をつき始めている。真田に金があるというならば、手本となっている幕府にはそれ以上の余裕がなければならなくなる。幕府に金がないから手伝えといえば、家光の政は信之に劣ると土井大炊頭が認めたことになってしまう。

「なかなかに殊勝なことだ」

土井大炊頭が続けた。

「手本としているとなれば、上様への忠義では、他人に引けをとらぬはずじゃの」

これも同じであった。首肯すれば、真田の忠義を見せてみろということになり、お手伝い普請を押しつけられても断れなくなる。

「上様をお慕い申してはおりまするが、忠義となれば三河譜代のお歴々におよぶものではございませぬ。わたくしなどまだまだ、本多さまや榊原《さかきばら》さまの後ろにおるべきかと」

「ぬう」

二度見事に逃げられて、土井大炊頭が不服そうな声を漏らした。

「では、これにて」

「まあ、そう急ぐな。もう少し話をしていくがいい」

ふたたび土井大炊頭が、信之を引き止めた。

「神君さまのお力で天下は泰平となった。戦もなくなった。なれば、大名はこれからなにをいたせばいいと、伊豆守は考える」

「そのような難しいお話は、わたくしごとき浅才では、答えが浮かびませせぬ」

信之は手を振った。

「構わぬ。思うところを申してみよ」

しつこく土井大炊頭が食い下がった。

「戦がなくなった今、われら大名がなすべきことでございまするか……」

わざと信之は、考え込む振りをして間を取った。

多くの大名たちが、廊下で立ち話をする土井大炊頭と信之へ、奇異なまなざしを向けながらも、声をかけず、通りすぎていった。誰もが、土井大炊頭とかかわりたくないのだ。

「戦を起こさぬようにいたすことでしょうか」

軽く小首をかしげながら、信之は述べた。

「戦をせぬことだと申すか」

「はい。戦はすべてを奪いまする。家族も、金も、家臣も、なにより命を」

「なるほどな。大名の新たな仕事は、戦をせぬことか。いや、なかなかに趣のある話であった。足を止めさせたな」

行っていいと土井大炊頭が手を振った。

「では」

三度頭をさげて、信之は帝鑑の間へと入った。

信之を見送った土井大炊頭の表情がゆがんだ。

「相変わらず、小憎らしいやつよ。あやつの親父も喰《く》えぬ奴であったが、さすがはその血を引くだけのことはある」

土井大炊頭が背を向けた。

「しかし、真田は徳川に仇《あだ》なす名。血筋のひとかけらも残さず消し去ってしまわねばならぬ。将軍家の武名に泥を塗った報い。かならず受けさせてくれる」

憎々しげに土井大炊頭がつぶやいた。

登城したところで無役の信之にすることなどはなかった。下城の許しが出る刻限まで、じっと決められた場所に座っているしかない。できることといえば、同室の大名たちと雑談するくらいである。

「ご老中首座さまとお話しであったようじゃが」

声をかけてきたのは、姫路藩主本多甲斐守忠朝《ただとも》であった。信之は、本多甲斐守の祖父本多忠勝の娘婿である。両家は親戚としてのつきあいがあり、本多甲斐守と信之も顔見知りであった。

「ただの雑談でございまするよ」

「大事ござらぬのか」

本多甲斐守が不安そうな表情をした。

真田家と土井大炊頭の確執は、有名である。真田家になにかあれば、姻戚である本多家にも余波がおよびかねなかった。いや、本多家も目をつけられている。

徳川への功績厚い格別な家柄の本多家は、執政たちにとってあつかいにくい存在であった。

今の執政たちは、先祖の武功でその座に就いたわけではなかった。松平伊豆守、阿部豊後守、堀田加賀守など、家光の男色相手であったおかげで、老中となれた。土井大炊頭にしたところで、戦場の武功などない。いわば手柄なくして、執政になったわけである。当然、徳川四天王と呼ばれた本多や榊原へ引け目があった。その引け目をなくすために、執政たちは戦場での手柄を過去のものとしたい。その簡単な方法が、武功のある家をおとしめることであった。

本多や榊原は、真田同様、執政たちから虎視眈々《こしたんたん》と狙われていた。

「ご懸念にはおよびませぬ」

信之は保証した。

「ならばよろしいが……」

本多甲斐守は、先代藩主忠刻《ただとき》の弟であった。先代藩主忠刻は、年嵩《としかさ》の信之を兄とまで慕ってくれていたが、残念なことに寛永三年（一六二六）、三十一歳の若さで病死した。その兄のあとを継いだ甲斐守は、それほど信之と親しく交際をしていなかった。

不意に本多甲斐守が咳《せき》こんだ。

「お加減がすぐれられぬようでございますな。お医師を呼びましょうか」

急いで信之は本多甲斐守の背中をさすった。

「……かたじけない。いつものことでござる。すぐにおさまりましょうほどに。どうぞ、お騒ぎあるな」

本多甲斐守が、信之の手を拒んだ。

「これは要らぬおせっかいを」

信之は詫びた。

「……信政も、最近よく咳こむようだ。一度医師に診させねばなるまい。身体の弱い大名か。これも泰平の証《あかし》といえば、そうなのだろうが」

息子を慮《おもんぱか》ってのつぶやきは、口のなかだけで消えた。

山里伊賀者組頭三枝鋳矢は、戻ってきたのが葛城一人だったことを平然と受け止めた。

「やはり真田にはなにかあるな」

三枝鋳矢は、欠員の補充をすぐにおこなった。

家康によって江戸へ迎えられた伊賀者は二百人いた。叛乱の際に十名弱が逃げ出したが、残る百九十家はいまだ続いている。

伊賀者は伊賀者筋の者としか婚姻を結ばない。組内の結束を強めるためと、ときをかけて作りあげてきた身体の特徴などを次代へ引き継ぐためだ。毎年いくつかの婚姻があり、何人かの子供が生まれている。人手にはこと欠かなかった。

「いくらか増額していただかねば割が合わぬな。ちと御老中さまとお話をしてくる」

報告も兼ねて、三枝鋳矢が松平伊豆守の上屋敷を訪れることにした。

「二人、後ろをな」

三枝鋳矢が、配下の伊賀者二人に後を守れと命じた。

「承知」

伊賀者二人が首肯した。

老中である松平伊豆守の上屋敷は、幸橋《さいわいばし》御門内にあった。

四谷の伊賀組組屋敷を出たところで、三枝鋳矢は背中に目を感じた。

「ふっ、やはりか」

三枝鋳矢は鼻先で笑った。

葛城の脱出を三枝鋳矢は、逃がされたのだと気づいていた。

「儂《わし》がどこへ行くかを見届けようというか、なめられたものよな」

三枝鋳矢は、ときどきわざと後ろに気を配る振りをしながら、江戸城へと進んだ。

組屋敷を出たとき、すでに日は傾いていた。小半刻（約三十分）ほど歩いたところで、闇が落ちてきた。

ついと三枝鋳矢が角を曲がった。

後をつけていた神祇衆《じんぎしゅう》の女は、少し間を空けて続いた。

「…………」

三枝鋳矢の姿がなかった。

「もうこんな刻限。急がないと日が暮れてしまう」

町娘姿の神祇衆が、独りごちると早足になった。

「無駄な振りはやめよ、戸隠巫女《みこ》」

不意に神祇衆の前に、三枝鋳矢が現れた。

「ちっ」

神祇衆が後ろに跳んだ。

「甘いわ」

背後に伊賀者が立っていた。

「抵抗するな」

三枝鋳矢が間合いを詰めていた。

「…………」

神祇衆の女が帯に手をかけた。

「手足をやれ」

動きを見た三枝鋳矢が命じた。

二人の伊賀者が懐から棒手裏剣を取り出した。

「はっ」

神祇衆が解いた帯を振った。

「目くらましか、なめるな」

伊賀者の一人が手裏剣を離し、刀を抜いて帯を払った。

切れるはずの帯が、刀を弾《はじ》いた。

「油断するな。帯に仕掛けがあるぞ」

三枝鋳矢も刀を抜いた。

「はっ」

帯に続いて小袖が宙に舞った。

「逃げるぞ。撃て」

伊賀者が手裏剣を放った。

宙に浮いた小袖が、たわんで手裏剣の勢いを殺した。

「上か」

跳んで逃げると見た配下の伊賀者が、顔をあげた。

「下だ」

すぐに三枝鋳矢が指摘した。

「くっ」

日の落ちた地面に、黒々とした固まりがあった。神祇衆は小袖の下につけていた黒い忍装束を利用して、闇へ溶けようとしていた。

「甘い」

三枝鋳矢がしゃがみながら刀を振った。

「……はっ」

身体をひねって神祇衆が避けた。そこへ手裏剣が襲った。手裏剣が神祇衆の両足を地に縫い止めていた。

「…………」

苦鳴一つ漏らさず、神祇衆が倒れた。

「しまった。舌を嚙《か》んだか」

異変に三枝鋳矢が悔やみの声をあげた。

「数で押し包むべきであったな。捕まえて神祇衆の数などを訊き出したかったのだが
……」

痙攣《けいれん》を続ける神祇衆を三枝鋳矢が見下ろした。

「まだ舌を押さえれば……」

配下の伊賀者の一人が、神祇衆へ近づいた。

「源五、よせ」

三枝鋳矢の制止は遅かった。

口から血を吐いて震えていた神祇衆の手が、すばやく振られた。

「えっ」

気の抜けた声をあげた源五の首から血が噴きあげた。

「うかつな」

首の血脈を切られては助けようがない。三枝鋳矢が、神祇衆に重なるように崩れた源五を責めた。

「止《とど》めを刺しておけ。死体は組屋敷へ持ち帰れ。源五のものは遺族に渡してやれ。戸隠巫女の身体は、徹底して調べあげよ。髪から陰部、尻の穴まで探れ。それでなにも出なければ、胃の腑を切り開け」

「はっ」

生き残った伊賀者が受けた。

「任せたぞ」

三枝鋳矢は背を向けて歩き出した。

二

松平伊豆守の上屋敷に着いた三枝鋳矢は、すでに閉じられている潜《くぐ》り門を叩くことなく、軽々と塀を跳びこえた。

正式に面会を申し込んでも、身分が違いすぎ断られる。なにより他人に知られることを避けたのであった。

三枝鋳矢は床下から屋敷に忍び込み、空き部屋の押し入れを通じて天井裏へとあがった。迷うことなく三枝鋳矢は、奥を目指した。

松平伊豆守は、家光の寵童であった。女を知るより先に、家光から男を教えこまれた。三つ子の魂百までではないが、幼少期の体験は松平伊豆守の性癖を決定づけた。

しかし、藩主として多くの家臣を抱えるとなれば、わがままを通すこともできない。跡継ぎのない大名は改易が、家康の決めた幕府の祖法である。飛ぶ鳥を落とす勢いの執政といえども家康の言葉には抵抗できない。

松平伊豆守は、純粋に子孫を作るためだけに側室をはべらせていた。

「……ふう」

眉間《みけん》に皺《しわ》を寄せて側室を抱いていた松平伊豆守が、大きく息をついた。

「下がれ」

房事の余韻もなにも感じさせない冷たい口調で、松平伊豆守が側室に命じた。

「は、はい」

「精を漏らさぬように手でおさえぬか」

「申しわけございませぬ」

叱られた側室が寝間着の乱れもそのままに、あわてて出ていった。

「佐久弥を……」

「しばし、お待ちを」

気に入りの小姓を呼ぼうとした松平伊豆守が、天井裏から制止された。

「その声は、山里伊賀組の三枝よな」

「おそれいりまする」

名前だけではなく、声まで覚えられていたことに、三枝鋳矢は驚いた。

「調べたのか」

「少しご報告いたしたきことがございまして、無礼を承知のうえで参上つかまつりました」

三枝鋳矢は告げた。

「そこでは話が遠い。近くに来い」

「はっ」

天井板一枚をはずして、三枝鋳矢は松平伊豆守の前へ降りた。

「申せ」

女を抱いたまま後始末もしない状態で、松平伊豆守がうながした。

三枝鋳矢が報告した。

「たわけが。三人失って、一人をしとめただけ。そのうえ何一つわかっていないだと。戦国の闇を支配した伊賀者というのは、幻であったのか」

遠慮なく松平伊豆守が罵《ののし》った。

「弁明のいたしようもございませぬ。ですが、こちらは攻める側でございまする。城攻めには、守勢の三倍数が要ると申しまする。忍の戦いでも同じで、地の利は真田に
……」

「言いわけをしておるではないか」

松平伊豆守が、三枝鋳矢の話を止めた。

「それより、用件はなんじゃ。失敗しましただけではなかろう」

「おそれいりまする。お願いが二つございまする」

三枝鋳矢は平伏した頭を少し上げた。

「二つもか。聞くだけは聞いてやる」

あごで松平伊豆守が急《せ》かした。

「松代に忍ばせてある草一人と会わせていただきたく」

「草だと。なにをする気だ」

「真田の忍、戸隠巫女の現況を聞き出したく」

「そのていどのこと、同じ忍のそなたたちでどうにかできぬのか」

松平伊豆守が不機嫌な表情になった。

「ときをかけてよろしければ……」

「どのくらいじゃ」

「まず十年は」

「ふざけておるのか。かけられるはずなかろう。今、真田の弱みが欲しいのだ」

三枝鋳矢の言葉に、松平伊豆守があきれた。

「忍が相手の本拠を探るには、人を入れることから始めなければなりませぬ。外からいくら調べたところで、本当の姿は見えませぬ。なかに飛び込んで初めてわかるのでございまする」

「……なるほどの」

松平伊豆守が理解した。

「ときのかわりが草か。しかし、動かした草はもう使えぬぞ」

「はい。ですからお願い申しあげておるのでございまする」

「……草を使う以上、松代を潰す覚悟がいるな。まあ、たかが外様一つ。十万石ていどならば、さしたる影響も出まい。わかった。なんとかしよう」

少し考えて松平伊豆守が認めた。

「もう一つはなんだ」

「おそれながら、今少し金子《きんす》をお願いいたしたく」

「百両では不足というか」

松平伊豆守の目つきが鋭くなった。

「死んだのは、そちらが未熟であったからであろう」

「そう仰せられては返す言葉もございませぬが、仕事の難しさと対価がつりあいませぬ。このままではお断りを申しあげることに……」

　下からうかがうように、三枝鋳矢が松平伊豆守の顔を見た。

「脅す気か。伊賀組を潰してもよいのだぞ」

「いえ、そんなつもりはございませぬ。ただ、我らは見合った報酬を求めておるだけでございまする」

　松平伊豆守の怒りを三枝鋳矢がいなした。

「伊賀に忠義なし。ただ金にて動く。金さえもらえば、昨日の雇い主でも今夜殺してみせると戦国のころ噂されたは、誠のようだ」

「金が続いている間は、裏切りませぬ。表裏の仕事は同時に受けぬのが、しきたりでございますれば」

　もともと忍の技を各地の大名など有力者に売りつけて食べてきたのが、伊賀者である。忠義の観念は持っていなかった。

「……金が続いている間か……ふむ」

　松平伊豆守が、目を閉じた。

「よかろう。年に二百両くれてやろう」

「なんと」

話が違う方向へ進んだことに、三枝鋳矢は驚いた。

「金で伊賀組を飼おうと言ったのだ」

「伊豆守さまに仕えよと」

「いや、御用部屋にじゃ。そのくらいの金、勘定方に報《しら》せずとも御用部屋の費《ついえ》として出すことは簡単じゃ」

「その金は、隠密《おんみつ》の任がなくともいただけるのでございまするか」

「そう聞こえなかったか。遊んでいてもくれてやる。そのかわり、任が続いても追加の金はやらぬ」

松平伊豆守が念を押した。

「御用部屋以外の依頼を受けることは……」

「許さぬ」

三枝鋳矢の問いを、松平伊豆守が一言で切って捨てた。

「伊賀組には、上様からの隠密御用が……」

「それもならぬ」

将軍の命令でもならぬと松平伊豆守が述べた。

「上様は、政のおおもとを担われるお方なのだ。隠密御用などという、いわば幕府の闇にお手を染められることはなさるべきではない。裏の差配は、我ら執政衆がやる」

松平伊豆守がきっぱりと言った。

「しかし、上様のご下命をお断りすることはできませぬ」

さすがの三枝鋳矢もうかつな返事はできなかった。

伊賀者の考えとしては、将軍の命令でも受けなくていいが、そのかわり伊賀組同心としていただいている禄を返上しなければならなくなる。食べていくのが精一杯とはいえ、忍の需要が少なくなった泰平の世では、重要な生活の糧であった。

「応諾の返事をいたせばよい。上様のお言葉に否を申すなどは言語道断ゆえな」

「それでは……」

「矛盾しておると申すか。いや、しておらぬ。そなたたちは上様の御用を聞くだけなのだ。その内容を我らに報せてくれれば、御用部屋でよいように処理し、そなたたちに結果を教えてくれる。あとは、上様へご報告してくれればいい」

「上様から耳目を奪うと……」

三枝鋳矢が松平伊豆守の真意に気づいて絶句した。

「無礼なことをぬかすな。慮外者め。我らは上様の忠臣ぞ。耳目を奪うなど僭越《せんえつ》なことをいたすはずなどない。よいか、我ら執政衆が上様の耳目なのだ。上様は天下を統《す》べられるお方。そのお言葉に一点の曇りもあってはならぬ。わかるか。我ら執政衆は、上様へ汚らわしきものを見せ、聞かせたくないだけなのだ。隠密御用などで、大名どもの腹の底をお見せしては、上様の瞳に汚らわしきものが映るではないか。上様のお心は清き水。濁らせてはならぬ」

「はあ」

松平伊豆守の剣幕に、三枝鋳矢は声を失った。

「上様には御用がある。お血筋を残すという重要なものだ。神君家康さまから繋がる、正統なる三代将軍家光さまのお血を受けついだ和子《わこ》さまを、なんとしてでもお作りいただかなければならぬ」

慶長九年（一六〇四）生まれの家光は、今年三十四歳になった。男色家であった家光は、歳《とし》ごろになっても女に興味を持たなかった。春日局《かすがのつぼね》らが必死に手を尽くし、ようやく側室を持つにいたってはいたが、いまだ跡継ぎとなる子供の誕生はなかった。

「それがなによりの大事なのだ。四代将軍に家光さまのお血が流れていないなどあってはならぬ。わかるな」

狂気に近い松平伊豆守の様子に、三枝鋳矢は首肯するしかなかった。

「……はい」

「わかったならば、役目を果たせ。金は近いうちにくれてやる」

「ごめん」

今一度平伏して、三枝鋳矢は、天井裏へと戻った。

伊賀組組屋敷に張りつけていた神祇衆の死は、ときをおかず新無斉のもとへ報されていた。

「やられたか。朧《おぼろ》はなかなかの遣い手だったが、三人相手ではきびしかったかの」

新無斉が目を閉じた。

「しかし、役目は果たしてくれた」

「はい」

朧の顛末《てんまつ》を伝えた神祇衆霧《きり》がうなずいた。霧は朧の後詰めとして、その動静を見張っていた。

「やはり行き先は、幸橋御門内の松平伊豆守だったか」

自らの口で、内容を確認するかのように新無斉が復唱した。

「伊賀者とわかった段階で、相手が幕府と知れてはいたが……。誰の手だてか見えれば、それにあわせた対処ができる。朧の死は価値あるものであった」

「……はい」

霧の返事には間があった。

「仲間がやられるのを見すごさねばならぬ。その辛《つら》さはわかるが、耐えねばならぬ。神祇衆の任は、犠牲のうえで初めて成りたつものじゃ。敵はもちろん、味方の屍《しかばね》を重ねても、果たさなければならぬ」

「…………」

まだ霧の納得は得られないようであった。

「朧のことは、儂が覚えている。死ぬまで忘れることはない。神祇衆のために、ひいては真田のために……」

「儂も忘れぬ」

神祇衆の控え室となっている上屋敷の一室へ信之が入ってきた。

「お出でなさいませ」

「おそれいりまする」

すでに二人は信之の存在に気づいていた。

「朧は、真田のために死んだのだ。戦場《いくさば》なら、華々しい手柄として、名も残せるほどのな。しかし、今は泰平の世、しかも相手は幕府隠密。となれば表だって報いてやるわけにもいかぬ。人知れず戦うのが神祇衆の朧ならば、儂はその名前を死ぬまで忘れぬ」

「殿……」

「かたじけないお言葉」

二人が平伏した。

「相手が松平伊豆守ならば、やりようはある。土井大炊頭に比べれば、はるかに楽ぞ」

信之が鼓舞した。

「さようでございまするな」

新無斉も同意した。

子供のころから根回しの達人と言われた家康の薫陶を受けた土井大炊頭の手腕は、侮れるものではなかった。

事実、秀忠の時代に改易となった外様大名、徳川一門、そのほとんどが土井大炊頭の罠によるものであった。

「しかし、執拗《しつよう》でございまするな」

何度となく真田家に向けられた罠を潰してきた新無斉は、土井大炊頭のやりかたをよく知っていた。

「恨みをぶつけておるのだろ」

「……恨みでございまするか」

首をかしげて、霧が問うた。

「ああ。土井大炊頭はな、神君家康さまの子供なのじゃ」

「そのようなことが……」

霧が驚愕《きょうがく》した。

「めずらしいことではないぞ。我が松代にとって恩人、保科肥後守正之《ほしなひごのかみまさゆき》さまもそうであろう」

さとすように信之が言った。

保科肥後守正之は、二代将軍秀忠が大奥の女中に手をつけて産ませた子供である。本来ならば、家光の弟として徳川の姓と数十万石の領地を与えられ、親藩となるべきであった。それができなかったのは、秀忠の妻お江与《えよ》の方の嫉妬によった。

織田信長の妹お市の方と浅井長政の間に生まれたお江与の方は、異常なまでの悋気《りんき》持ちであった。お江与の方は、秀忠が他の女に産ませた長男長丸二歳を焼き殺した。目の前で息子を殺された秀忠にしてみれば、次の子供も同じ目に遭うと考えるのは当然である。そこで秀忠は手をつけた女が妊娠したのを知ると、江戸城から出し、生まれた子供を保科家の養子として、お江与の方から守ったのであった。

「土井大炊頭も同じよ」

信之は続けた。

土井大炊頭は、家康の母である於大《おだい》の方の兄水野信元《のぶもと》の三男として元亀四年（一五七三）に生まれたとされている。

徳川と縁続きの水野家は、もともと織田家と通じていた。桶狭間《おけはざま》の合戦ののち、信長と家康の同盟を画策したのも水野信元であり、東三河を支配し、大きな勢力を誇っていた。

徳川と同格の織田与力大名として、より巨大な存在となっていくはずであった水野信元に天正三年（一五七五）、不幸がふりかかった。織田信長の家臣佐久間信盛が水野信元を讒訴《ざんそ》したのだ。武田勝頼との内通を疑われた水野信元は、家康の手によって滅ぼされ、一家は離散した。そのときまだ三歳だった利勝は、家康の計らいで徳川家家臣・土井利昌の養子になった。

「表向きの経歴はこうだがな、違うのだ。土井大炊頭も、嫉妬を怖れた家康さまが、ひそかに水野家に預けた子供よ」

「嫉妬でございまするか」

「そなたも女ならば、わかるであろう。夫が己以外の女を抱き、孕《はら》ませることへの不快が」

「……はい」

言われて霧が首肯した。

「土井大炊頭が誕生した元亀四年のころの徳川家は、大きな転機を迎えていた」

ゆっくりと信之が語った。

今川義元が織田信長に倒された機を利用して、今川からの独立を果たした家康には懸念があった。今川家の城下駿河で人質となっている妻築山《つきやま》殿と長男信康のことである。家康の妻築山殿は、義元の姪《めい》であった。しかし、今は裏切った家康の妻として、今川に幽閉されていた。しかも築山殿の父今川の重臣関口義広は、徳川離反の責任を問われて妻ともども自害させられていた。なんとか今川方の城を一つ落として得た人質と交換で、築山殿と信康を徳川の本拠岡崎へ迎えることはできたが、妻の両親を死なせた負い目が家康には残った。

そんな時期、家康が手出しした女に子ができてしまった。

今川にいたころ、家康は築山殿の機嫌ばかりを伺っていた。なにせ徳川の、いや当時は松平だったが、生死を握っている義元の姪なのだ。怒らせるわけにはいかなかった。家康は十五歳から、ずっと築山殿に抑えつけられてきた。

そこへ引け目ができた。とても妾に子ができたと告げられなかった家康は、当時築山殿に唯一強く出ることのできた実母於大の方の実家水野家へ、生まれた子を預けた。

「築山殿が命絶たれたころには、すでに家康さまには多くの子があった。いまさら、吾が子とも言えず、土井大炊頭はそのままにおかれた」

「それで、あれほどの信頼を」

霧が納得した。

家康は早くから土井大炊頭を秀忠につけた。秀忠もまた土井大炊頭の言葉をよく聞いた。土井大炊頭が秀忠の異母兄だと考えれば、つじつまはあった。

「天下とともに大炊頭を譲る。この言葉を耳にしたことはあるか」

「はい」

「あれは家光さまへのものではない。逆なのだ。異母兄大炊頭に、息子を頼んだものよ。あの一言に、親としての想いが含まれておる。それだけではないが」

秀忠に敬称をつけず、家光にはつけた信之は、最後まで口にしなかった。

「それほど信頼された大炊頭だが、その心にはなにが渦巻いておると思う」

「将軍を天下をもらえなかった恨みでございましょう」

答えたのは新無斉であった。

「であろうな。端々に匂わせておられるとはいえ、家康さまが公には息子と認めておられないのだ。将軍となることはもちろん、徳川の姓をもらうこともできぬ。同じ家康さまから生まれていながら、この差。理不尽と恨んで当然よな。それが、さきほどの言葉、天下とともに云々へつながるのだ」

さきほど言わなかったことを信之が語ろうとした。

「どういうことでございましょう」

新無斉が訊いた。

「天下と並べられたのだ、大炊頭は。それだけ有能だととるのが普通だろうが、あの秀忠ぞ。陰謀を巡らせれば家康さま以上のな。あれは、天下という名をやれぬかわりに、実を渡すとの意味じゃ。将軍は家光さまにさせるが、天下を動かすのは、おまえに任すとのな」

「その代償が老中首座」

「うむ。飾りの将軍ではない。実質の天下人よ。土井大炊頭はな」

「望むものを手に入れたにもかかわらず、まだ真田を狙い続けまするか」

霧が首をかしげた。

「それもまた恨み。関ヶ原でかかされた恥へのな。天下を担う老中首座の過去に汚点を残した真田を許せぬのだ」

「大炊頭の恨みは深うございますな」

大きく新無斉が嘆息した。

「だからといって、真田がつきあってやる義理はない。大炊頭は知らぬが、真田こそ、いや父昌幸こそ、関ヶ原の功者なのだからな」

「それを教えてやれば……神君家康さまのお考えを」

「変わるまいよ。土井大炊頭にとって、父家康さまも恨みの対象でしかないからな」

信之は否定した。

「土井大炊頭にとって関ヶ原はまだ終わっておらぬのだ。勝つまで、あるいは、命が尽きるまで真田を襲うだろう」

「負けられませぬ」

新無斉が決意を口にした。

「ああ。神祇衆には無理をさせる」

「伊賀者なれば、相手にとって不足なしでございまする」

「しかし、伊賀も本気でかかってくるぞ」

甲賀と並び戦国で名をはせた伊賀の実力は侮れないと信之が忠告した。

「そのための斬馬衆でございましょう。我らも同じながら、忍は忍と戦い慣れてはいても、武士と真っ向から対峙するのは苦手でございまするゆえ」

「そうであったな。仁旗は使いものになっておるのだろうか」

「霞がついておりますれば」

安心をと新無斉が言った。

「血筋の問題は、どこともある」

最後にそう告げて、信之が神祇衆の詰め所から去っていった。

三

信之に心配されている伊織は、屋敷で毎日霞相手に修行していた。

「はっ」

五間（約九メートル）離れたところから、霞が先を潰した棒手裏剣を投げる。

「おうっ」

飛んでくる棒手裏剣を伊織は、大太刀で打ち落とすのだ。

「あっっ」

重い大太刀では、一つの手裏剣を弾《はじ》くのが精一杯であった。受け損なった棒手裏剣を身体に当てられた伊織が思わずうめいた。

「よく手裏剣を見よと何度申せばわかるか。とにかく目についたものを払おうとするから、他のものへの対処ができなくなるのだ。打ち払うのは、当たるものだけにせよ」

鋭く霞が叱咤《しった》した。

「……もう一度」

言い返すことのできない伊織は、次をと構えるしかなかった。

「しゃあ」

気合いとともに五本の棒手裏剣が、伊織を襲った。

「せいっ」

伊織は大太刀を振らずに倒すことで動きを小さくした。一本を弾いた後、腰をひねって大太刀を落とす。甲高い音がして二本目が防がれた。

「くっ」

しかし、三本は伊織の身体にぶつかった。

「愚か者が」

初めて二本防げたことに、息をついた伊織を霞が怒鳴りつけた。

「大太刀は扇子か。そんな勢いのない太刀筋で、人が斬れると思っておるのか。伊賀者の動きは、この手裏剣より疾《はや》いのだぞ。確実に一撃でしとめねば、血を流すのは、お主なのだ」

「…………」

伊織は、ぐっと霞をにらみつけた。

「なぜ大太刀なのだ。太刀でやれば、もっと動けるものを」

「太刀ならば、伊賀者の意表をつけまい」

あっさりと霞が答えた。

「忍の戦いはな、敵の武器の間合いを計るところから始まるのだ。どこまでなら届く、ここまでは届かないを見切って、己の有利な間合いを保つのだ。いわば、地の利を自ら作り出す」

「地の利を……」

「そうだ。そんな伊賀者相手にありきたりの太刀など持ち出してみろ。一瞬で見切られ、伊賀者の間合いでの戦いを強いられることになる」

「ふうむ」

聞いた伊織はうなった。

「しかし、手裏剣ならば、なんとかなるぞ」

「はあ……」

霞が大きくため息をついた。

初めて見る霞の人らしい態度に、伊織は驚いた。

「忍と戦ったことのないゆえ、いたしかたないのだろうが……忍の武器は幾通りもある。手裏剣、刀、鉤縄《かぎなわ》、短弓に仕込み鉄炮。他にもあるが、使わないのは持ち運びに不便な槍くらいだ」

「すべての間合いを網羅しているというか」

伊織は驚いた。

剣のはるかに届かない遠間から、弓鉄炮、少し近づいて手裏剣に鉤縄、そして剣とくれば、戦いにくいことこのうえない。

忍は臨機応変に武器を替えられるが、こちらは合わそうにも剣しかないのだ。

「ただ大太刀を相手にしたことはないはずだ」

「間合いが読めぬか」

ようやく伊織はこの鍛錬の意味を理解した。

大太刀は待ちの技である。こちらから攻めていくことはまずない。敵が間合いに入るまで待ち、来た敵に必殺の一撃を繰り出す。動き出した五貫（約十九キログラム）の重さを持つ大太刀を止めることができるものはない。

「かわさせてはならぬ」

「そう、この手裏剣は忍なのだ」

伊織のつぶやきに、霞が首肯した。

「確実に一刀で葬らねば、大太刀の有利は消える。一度間合いを知られてしまえば、忍は臨機応変に動く」

「乱れ撃ちの手裏剣か」

「伊賀者の疾さは、手裏剣より早いと知れ」

わかり始めた伊織に、霞がさらなる注意を与えた。

「続けるぞ」

霞が手裏剣を手にした。

信之と信政は親子でありながら、顔を合わさないことのほうが多い。当主への礼儀として朝の挨拶に出てくる信政と儀礼の言葉をかわすだけという状況であった。

「ご後見さま、お見えでございまする」

お使者番が、先触れを述べた。

「おはようございまする」

真田内記《ないき》信政は藩内支藩の藩主であった。さらに真田支藩沼田の藩主、信之の孫熊之助に代わって沼田の藩政を担っていたため、かなり多忙であった。

信政は、藩主御座の間上段の中央に腰を下ろした。

「父上さまには、ご機嫌うるわしく信政恐悦しごくに存じあげまする」

両手をついて信政が口上を述べた。

「うむ。内記どのもご壮健そうでなによりじゃ」

信之が返した。

「では、これにて」

信政が立ちあがろうとしたのを、信之が止めた。

「しばし待て」

「なにかございまするか」

怪訝《けげん》そうな顔で信政が問うた。

「うむ。今一度座るがいい」

「失礼をいたしまする」

父信之の勧めに、信政は従った。

「先日、内記どのにお任せしたことなのだが……」

「…………」

内容に気づいた信政が、目で懸念を表した。

「上屋敷はなにかと人の出入りも多い。あれを持って中屋敷へ行ってもらいたいのだが、いかがであろう」

止めるまもなく信之が語った。願いの形を取っていたが、じつは本家藩主の命令である。信政に断ることはできなかった。

「……承知つかまつりましてございまする」

「うむ。書付はここにある」

手元の文箱から信之が、油紙に包まれたものを取りあげて、側《そば》に控えていた小姓へ渡した。

「はっ」

両手で受け取った小姓が、膝《ひざ》で進むようにして、信政のもとへ油紙で包んだものを運んだ。

「お預かりいたしましてございまする」

「きっとそなたの手でしっかりと保管いたしてくれよ」

満足そうに信之がうなずいた。

信政の立場は複雑であった。

正式な身分は松代真田家の支藩、一万七千石の主である。

しかし、実際は松代の世子として扱われていた。

信政は、信之の次男であった。長兄信吉が松代の跡継ぎとなり、次男信政は将来は別家するはずであった。幕府にもその旨の届けが出されており、信政は一個の大名として江戸城にあがり、参勤交代もおこなっていた。

状況が変わったのは寛永十一年（一六三四）、沼田藩三万石藩主の兄信吉の死去であった。信吉の一子熊之助は、まだ三歳と幼すぎる。そこで幕府は沼田藩の後見人として信政を指定、藩政を預かっていた。

それだけならことははっきりしていた。熊之助が成人すれば、後見人の役目を降り、支藩の藩主に戻ればすんだ。しかし、真田信之の嫡男信吉の死による影響は、それだけですまなかった。

真田にとって本藩にあたる松代の世継ぎがいなくなったのである。

藩主死亡のおり、世継ぎなきは、断絶。これは徳川の決めた絶対の法であった。徳川の一門といえども、例外は認められなかった。尾張五十二万石の主であった家康の四男忠吉も、子供がなく改易の憂き目にあっている。

すでに信之は高齢、いつなにがあってもいいよう準備をしておかなければ、真田家など跡形もなく潰されることになる。

嫡男を失った真田家は、急ぎ幕府へ届けを出し、信政を世継ぎとしていた。

支藩藩主、本家跡継ぎ、分家後見人と信政は、松代藩にとってなくてはならない人であった。

信之に代わって藩政を見ることも多くなった信政を、書付の保管のためとはいえ、中屋敷へ向かわせるのは、みょうであった。

「信政さまを、中屋敷へ……」

小姓の一人がつぶやいた。

「儂は少し休む、皆下がれ」

信之が人払いを命じた。

「思いきったことをなされまする」

小姓たちを下がらせた信之の前に、太田川が姿を見せた。

「ご後見さまを、いや、若殿さまを囮《おとり》となされますか」

太田川が驚きを隠さなかった。

「囮は値打ちがあるほど、大物を呼んでくれよう」

「土井大炊頭がのってくれれば、真田は安泰なのだがな」

「釣れましょう」

「儂も、そう思う。土井大炊頭ももうよい歳だ。そろそろ己の引き際を考えておろう。その幕引きとして真田をと考えておるならば……」

「かかってくれると」

「ああ」

「それにしても、若殿さまを使われるのは危険すぎませぬか。若殿さまに万一があれば、松代はもちませぬ」

なによりの懸念を太田川が口にした。

「中屋敷には仁旗を配している。守りにかけては、斬馬衆に勝る者はおらぬ。それに、お城に近い上屋敷で騒動を繰り返すわけにもいくまい」

上屋敷は幕府から与えられたものである。周囲にも同じような大名の上屋敷がひしめいている。屋敷のなかでなにかあれば、すぐに幕府へ知られた。

一方、公邸にあたる上屋敷と違い、中屋敷は藩主の別荘、一門の住居として使われることが多く、建っている場所も江戸の外れであったり、町屋のなかだったりする。規模も小さく、常駐している藩士の数も少なかった。

「守れましょうか」

「一度でいい」

信之ははっきりと言った。

「囮は罠。罠は見つかっておらぬからこそ有効なのだ。斬馬衆もその存在と技を知られておらぬ間だけしか使えぬ」

「殿……」

「真田を残すためならば、信政といえども餌にする。父と弟の血で守った十三万石、潰されてたまるか」

藩主の覚悟に、太田川が息をのんだ。

山里伊賀者の詰め所に、ふたたび松平伊豆守が訪れた。

「お呼びくだされば、参上つかまつりますものを」

あわてて控える三枝鋳矢に、松平伊豆守が苦笑した。

「ここでしか、密談はできまい」

御用部屋といえども、他人の耳はある。御用部屋には老中の他、書き役としての右筆、雑用係の御用部屋坊主がいた。

右筆はまだしも、御用部屋坊主が問題であった。身分は低く、禄も少ない御用部屋坊主の役得が、耳にしたことを売り歩くことである。

御用部屋の決定は、役人、大名にとってなにより重要である。少しでも早く知りたいと思うのが当然であり、御用部屋坊主はそこにつけ込むのだ。

「先日申していた草のことだが……」

「早速に恐れ入りまする」

三枝鋳矢が、頭を下げた。

「いや、草のほうからつなぎがあった」

松平伊豆守が首を振った。

幕府の隠密である草は、その多くが、何代か前まで旗本であった。一族もほとんどが旗本として幕府に仕えている。草からの連絡は、親戚筋の旗本を通じて幕閣へ届けられるのが慣例であった。

「草から……なにかございましたか、松代に」

「うむ。どうやら上屋敷をそなたたちに襲われた影響だろうが、内記になにかを持たせて中屋敷へ移したらしい」

「内記……信政のことでございますな。信政が中屋敷へ」

「上屋敷でのごたごたを嫌ったのだろうがな。調べさせてみたところ、内記は確かに中屋敷へ入っておる。五十名近い藩士とともにな」

「五十名……信政の家臣の半分近く」

　中屋敷の規模からいえば、五十人は異常な数であった。

「草の話によると、ついていった家臣たちは、藩でも聞こえた遣い手ばかりだそうだ」

「よほどのものと思われまするな」

　真剣な顔で三枝鋳矢が述べた。

「奪え」

　一言で松平伊豆守が命じた。

「剣が遣えるていどの者などおらぬも同然。戸隠巫女が出てこようとも、引きはいたしませせぬ。伊賀組の全力をかけて、やりとげまする」

「うむ。吉報を待っておるぞ」

頼もしげな三枝鋳矢の言葉に、松平伊豆守が任せたと言った。

草の報告は土井大炊頭にももたらされた。

「ふうむ」

うなった土井大炊頭は、松平伊豆守が出て行くのを見送った。

「ふん。腰は軽いようだな。まあ、家光に尻を貸して出世したのだ。それくらいでなければ、使いものにならぬわ」

土井大炊頭が立ちあがった。

「お供を」

御用部屋坊主が、側へ寄り添った。

「いや、よい」

断って土井大炊頭が御用部屋を出た。

土井大炊頭は御用部屋を出て、納戸御門近くの下部屋へ入った。下部屋とは、役人の支度部屋のことである。登城してきた役人たちはここで衣服を替え、弁当を遣い、休憩を取る。役目ごとで下部屋は使用したが、老中だけは一人一部屋与えられていた。

「ご老中首座さま、茶をお点《た》ていたしましょうか」

下部屋に詰めている御殿坊主が、機嫌をうかがった。

「いただこう」

土井大炊頭がうなずいた。

茶筅《ちゃせん》の音が、下部屋に満ちた。

「どうぞ」

「結構なお点前《てまえ》」

作法にのっとって、土井大炊頭が茶を喫した。

「頼めるか、永道斉《えいどうさい》」

土井大炊頭がつぶやいた。

「戦でございまするか」

永道斉が問うた。

「うむ。儂最後の戦よ。徳川が関ヶ原に残した恥を雪《そそ》ぐためのな」

「戦となりますれば、戦勝祈願が必要となりまする」

「うむ。なればこそそなたに話をした。戦陣坊主の頭たる、そなたにな」

噛みしめるように、土井大炊頭が言った。

戦陣坊主とは、生《い》け贄《にえ》であった。その由来は遣唐使のころまでさかのぼる。命がけの航海で唐へ渡る船には、かならず僧侶が一人乗せられていた。これは、海が荒れたとき、神の怒りを鎮めるための生け贄として海へ身を捧げるためであった。それが戦場での戦勝祈願に形を変えたものが、戦陣坊主であった。

「戦勝祈願の生け贄は、どなたに」

「真田内記信政」

「承知つかまつりましてございまする。見事な死花を咲かしてご覧にいれまする」

江戸城にいる御殿坊主は、殿中での雑用をこなすだけでなく、いざというときに戦意を昂揚《こうよう》させるための生け贄という側面も持っていた。

しかし、ただ殺されるだけの役目には、先がない。御殿坊主は、身代わりを求め、己たち以外から生け贄を出すことで、生きのびる算段を整えていた。

「頼んだぞ。世子の死には検死が入る。真田から出た死因の届け出と、検死の実際が違えば、咎《とが》めだてることができる」

懐から土井大炊頭が切り餅を四つ出した。

「お任せくださいませ。真田内記さまの御首、切りとって東照宮さまに捧げておきましょうほどに」

「首なしにするか。それならば言いわけもできまい。どれ、馳走であった」

土井大炊頭が下部屋を出ていった。

「大坂の陣から二十有余年。このご時世に生け贄を作ることになるとは思ってもおらなかったわ。かと申して、老中首座さまのお言葉をきかぬわけにもいかぬ。それこそ、御殿坊主がそっ首並べて、江戸城の塀にさらされるわ」

独り残った永道斉の表情が冷たく澄んだ。

「老中首座さまはお気が短い。さっそくに手配をいたさねばなるまい」

永道斉が立ちあがった。

御殿坊主は、若年寄支配、二十俵二人扶持《ぶち》、役金二十七両と幕府でも薄禄である。身分は一代抱え席であったが、ほとんど世襲であり、その内証は裕福であった。

薄禄の御殿坊主が裕福なのには理由がある。

どれほど大封《たいほう》の大名でも江戸城においては、将軍の家臣でしかない。江戸城にあがるとき大名は家臣を連れていくことができなかった。その大名の身の回りの世話をおこなうのが御殿坊主である。御殿坊主の手引きがなければ、大名は茶一つ飲むことさえできないのだ。それだけではない、城中でのあらゆる使いは御殿坊主をつうじることになる。御殿坊主に嫌われては、百万石の大名とて、何一つできなくなる。こうして、大名たちは、御殿坊主の機嫌を取り結ぶために、金を使わざるをえなかった。

しかし、その余得をいっさい受けることのできない御殿坊主がいた。御霊屋《みたまや》坊主である。

御霊屋坊主は、江戸城紅葉山に設けられている家康と秀忠の霊廟《れいびょう》の維持管理を任としているため、日常で大名たちと触れあうことはなかった。

「めずらしいな」

坊主詰め所に顔を出した永道斉を、御霊屋坊主の宗達《そうたつ》が出迎えた。

「ひさしぶりだ。これを」

永道斉は、預かっていた金を出した。

「百両か、それほどの任ではないな」

金を受け取りながら、宗達が応えた。

「贄は、真田内記信政」

「城中でか」

「いや、外で頼む」

「わかった」

宗達が首肯した。

御霊屋坊主の任は、歴代将軍の霊を守るだけではなかった。徳川家に仇なす者の始末こそ真の仕事であった。

「首を切れとのご命令よ」

「土井大炊頭さまも、なかなかに執念深い」

愉快そうに宗達が笑った。

「最後の戦だそうだ」

「ほお。ということは、我らもこの役目から解放されるのだな」

表情を消した宗達が、歩き出した。

詰め所から少し歩いたところに、家康と秀忠の御霊屋があった。御霊屋といっても、ここに遺体があるわけではない。愛用していた品と毛髪が保管されているだけである。しかし、命日には将軍とその家族は、菩提寺《ぼだいじ》ではなく御霊屋に参る。大勢の人やものが動くお成りの回数を減らすため、ここに家康と秀忠は祀《まつ》られていた。

宗達が、家康の御霊屋の扉を開け放った。

「御霊屋坊主の歴史ぞ」

「うっ……」

見せられた永道斉がうめいた。

御霊屋のなかには、いくつもの位牌《いはい》がひしめきあっていた。

「これは加藤肥後守《かとうひごのかみ》、慶長十六年（一六一一）六月二十四日」

一つの位牌を宗達が持ちあげた。

「あれが小早川《こばやかわ》中納言《ちゅうなごん》秀秋《ひであき》、慶長七年（一六〇二）十月十八日」

宗達が指さした。

「それもあれも皆、戦陣坊主と侮られてきた我らが、神君家康さまの命で血祭りにあげてきたものだ」

「…………」

永道斉はなにも言えなかった。

摑んだ位牌を、ていねいにもとの場所へ宗達が戻した。無言で御霊屋を出ると、裏へ回った。そこには無数の土まんじゅうがあった。

「しかし、任で命を落とした戦陣坊主には、位牌さえない。こうやって名前も刻まれず、ただ一握りの土が盛られているだけ」

宗達が永道斉を見た。

「子孫の栄達を信じ、一身を捧げた戦陣坊主の歴史が終わるのはいい。世は泰平となったのだからな。しかし、陰とはいえ、その功績を受け継ぐ我らが士分はおろか、食べていくこともできぬ二十俵二人扶持のまま、用ずみと捨てられて、納得できるか」

「……………」

「こうやって百両の金でも手に入ればいい。これで十年は生きられる。だが、最後の金としては、あまりに少なすぎぬか」

「言いたいことはわかる。なれど、戦陣坊主の任は、表に出てはならぬ。闇に葬らねば、徳川の天下が揺らぐ。報いるに禄や身分を渡すことができぬのはわかっておろう」

　永道斉が諭《さと》した。

「役目が終わるというならば、せめて一代は喰えるだけのものを寄こしてくれと言うはまちがいか」

「一代が喰える金……いくらだ」

「……千両」

「千両……」

　聞いた永道斉が絶句した。

「無理を言うな。千両といえば、二千石の旗本の禄に値する。二十俵の何倍にあたると思う」

「出せぬだろうな。神君家康さまから、秀忠さま、そして土井大炊頭さまと、戦陣坊主を使うお方は替わったが、たびに小者となっていったからの」

あからさまな嘲笑《ちょうしょう》を、宗達が浮かべた。

「口を慎まぬか」

「了承した。真田内記信政の位牌を並べてくれよう。用はすんだ。帰れ」

永道斉の忠告をあっさり流して、宗達が引き受けた。

四

真田家の中屋敷は赤坂にある。彦根の井伊、安芸《あき》浅野家など大大名の屋敷に囲まれ、敷地は二千五百坪ほどのこぢんまりとしたものであった。

中屋敷の潜り門を開けて、一人の若侍が出て来た。信之の小姓の一人であった。

大名屋敷の門は、藩主や一門の出入り、将軍家お成り以外で開かれることはなかった。小姓を追い出すように潜り門が音をたてて閉じられた。

「…………」

中屋敷をかなり離れたところで、小姓が振り返った。

「厳重なことだ」

しばらく中屋敷を見た小姓が、踵《きびす》を返した。

正月前の江戸は、人の往来がはげしい。武家屋敷ばかりの赤坂とはいえ、物売りの姿はあちこちで見られた。

「風寒よけに生姜湯《しょうがとう》は、いかがで」

井伊家と細川家の間に荷を置いて生姜湯売りが、呼び声をあげていた。

「一つもらおう」

小姓が足を止めた。

「へい。うちの生姜湯は薩摩伝来の砂糖を混ぜてございます。少しばかりお高《たこ》うございますが、身体がほこほこ温まりますゆえに」

「いくらだ」

「八文ちょうだいを」

「倍か。効き目がなければそのままには捨ておかぬぞ」

懐からびた銭を取り出して小姓が渡した。

「ありがとうございまする」

銭と入れ替わりに生姜湯売りが、湯呑みを差し出した。

「……きついな。生姜が強すぎる」

「でなければ効きませぬ」

生姜湯売りが笑った。

「戸隠巫女は、何人」

笑いながら、小声で生姜湯売りが訊《き》いた。

「神祇衆と名を変えて、上屋敷に六人、ここに二人」

小姓がささやいた。

「信政が信之から預かったものは、どこに」

「御殿御座の間上段」

「警固は」

「委細はこれに」

手短な会話がかわされた。

小姓が湯呑みを返した。

「馳走であった」

「へい」

湯呑みを受けとった生姜湯売りが頭をさげた。

「まだ残れるか」

生姜湯売りが問うた。

「そのつもりでおる。きなくさくなれば、すぐにでも消えるが」

「できるだけ神祇衆のことを調べてくれ」

「神祇衆は、真田でも密事になる。期待はしてくれるな」

言い終えて小姓が立ち去った。

「生姜湯はいかがで、風寒よけでござい」

売り声をあげながら、生姜湯売りが湯呑みのなかから折りたたまれた紙をすばやく懐へしまった。

一刻《いっとき》（約二時間）ほど商売を続けた生姜湯売りが、日暮れとともに店を片づけた。武家の門限は暮れ六つ（午後六時ごろ）と決まっている。夕暮れを過ぎると客はまず来なくなった。

「よっこいしょ」

重そうに荷を担いだのは、山里伊賀組三枝鋳矢であった。

三枝鋳矢は、まっすぐ四谷に向かうのではなく、ところどころの町屋で荷を降ろして、商売を繰り返した。尾行を警戒したのである。

身形《みなり》や髪型を変えて他人になりすます方下《ほうげ》という忍の術がある。名人上手ともなると、体型から性別声色まで思いのままに変化させることができた。しかし、いくら見事に化けたところで、気配を変えることは難しかった。まして、ずっと後をついてきているとなれば、変化していても見つけるのは容易になる。

「いないか」

ようやく三枝鋳矢は、四谷の組屋敷へと戻った。

「お戻りで、組頭」

すぐに配下たちが集まってきた。

「ああ」

懐から三枝鋳矢は受けとった紙を出して拡《ひろ》げた。

「中屋敷の見取り図でござるな」

配下が紙に見入った。

「ここが信政の座所でござるか」

紙に記された丸印を配下が指さした。

「うむ。そして、狙いのものもここにある」

三枝鋳矢が首肯した。

「このばつ印は、警固の侍じゃ」

「これは、すごいの」

配下の伊賀者が顔を見あわせた。

「ひい、ふう、みい……全部で二十人はおるぞ」

「信政は五十人連れて中屋敷に入ったらしい。雑用係十人として、残り四十人を半日交替させておるとのこと」

紙の隅に書かれた、六から六との文字を見て、三枝鋳矢が述べた。

「明け六つ（午前六時ごろ）から暮れ六つ（午後六時ごろ）までと、暮れ六つから、明け六つまでか。となれば、夜が辛い」

「明け方、七つ（午前四時ごろ）前だな」

二人の配下がうなずいた。

「組頭、戸隠巫女は……」

「さすがに巫女の配置まではわからなかったようだ。巫女と呼んでいるが今は戸隠神社の札を売り歩いているわけではない。巫女姿でなければ、どれが戸隠巫女で、誰が女中なのか、草には見抜けまい」

「ならば目につく女は全部戸隠巫女だと思えばよい」

小頭を務めている数屋《かずや》喜太《きた》が言った。

「まとめて殺せば、すむか」

配下の伊賀者が、暗い笑いを浮かべた。

「決行は明朝、武器武具の準備を怠るな」

「はっ」

うなずいた配下たちが、背中を向けた。

「喜太」

三枝鋳矢が小頭を呼び止めた。

「なにか」

喜太が足を止めた。配下の伊賀者は、二人を気にすることなく出ていく。

「一人選んでおけ」

「よろしゅうございまするが、なにをいたせば」

言われた喜太が首をかしげた。

「向こうも必死になるだろうからな。こちらも半分は失おう」

「はい」

忍同士の戦いで一方が無傷ということはあり得なかった。腕を失おうが、足をなくそうが、歯で嚙みついてでも相手を倒すのが守る側となった忍の義務である。

「おまえともう一人は、少し遅れて中屋敷へ入れ」

「ものを奪うだけで、我慢せよと」

喜太の目が鈍く光った。

「先日殺された二人は、わたくしの組下でございました。とくに柏原は、我が甥《おい》」

身内を殺された伊賀者の執念は深い。かならず相手を探し出して報復した。

「仇《かたき》は儂が討つ。辛抱せい。おまえの足がもっとも速いのだ」

「…………」

不満そうに喜太が黙った。

「組のためぞ。抑えよ」

きびしく三枝鋳矢が命じた。

「……承知」

苦い顔で喜太が首肯した。

「柏原の家には、大目に金を分配してくれる」

「……では、用意がございますゆえ」

軽く頭をさげて喜太が三枝鋳矢のもとから去っていった。

第四章　恨の業火

一

寝ずの番というのは難しい。人の身体というのは一日の疲れを回復するため、どうしても睡眠を欲してしまうからだ。

「ときがくれば起こします。寝ていてかまいませぬ」

夜半を過ぎたころ、霞が提案した。

「寝ることなどできようはずもない。若殿さまから直接命じられた不寝番ぞ」

昼間の鍛錬の疲れから来る眠気を振り払いながら、伊織は拒否した。

信政が中屋敷に入って以来、毎夜伊織は御座の間前の庭で不寝番を務めていた。勤めは夜間だけで、昼間は解放されるが、やめることなく鍛錬を続けている伊織は、数日でかなり消耗していた。

「たわけが。命じられたのは不寝番ではなかろう。若殿さまは、屋敷へ侵入する敵を止めよと仰せられたはずぞ」

霞が叱りつけた。

「そうであっても、寝ていてはかなわぬではないか」

「もうろうとした意識で、忍相手ができるとでも」

伊織の反論は一蹴された。

「大太刀とは、そのような状況で十分振れるほど生やさしいものではなかろう」

「……ううむ」

言いこめられて、伊織はうなった。

「それに……」

不意に霞が声を潜めた。

「屋敷を見張っていた伊賀者と、藩の者が接触いたした」

「藩の者だと」

伊織は驚愕《きょうがく》した。

「声が大きい、他の者に聞こえるであろうが」

「すまぬ」

注意されて、伊織はあわてて小声になった。

「黙って聞け。返答もいらぬ」

釘を刺した霞が、さらなる衝撃を口にした。

「おそらく襲撃は今夜」

「…………」

かろうじて伊織は叫び出すことを抑えた。

「藩内の裏切り者によって、警固の状況は漏れていると考えたほうがいい。となれば、寝ずの番がもっとも疲れる明け方、未明あたりを狙うのが常道」

「明け方か」

「うむ。それまでまだ二刻《ふたとき》（約四時間）はある。本番に備えて、休んでおけというはまちがいではなかろう。いざ戦いが始まったとなれば、わたくしは役に立たぬ。貴殿に任せるしかないのだ」

霞が右手に目を落とした。伊織との試合で折れた右腕が痛々しく吊られていた。

「……承知した。弥介、しばらく休むぞ。霞どの、頼んだ」

一瞬、顔をゆがめたが、腕の傷には触れず、伊織は冬の庭先に座った。

「若、よろしいので」

大太刀を支えながら、弥介が問うた。

「ああ。霞どのには無理を強いる。が、任を果たすためだ」

あぐらをかいて両腕を組んだ伊織は、目を閉じた。


真田家中屋敷と彦根井伊家上屋敷を隔てる路《みち》に三枝鋳矢たち伊賀者が湧いた。

「見張り……」

「はっ」

井伊家からと隣の細川家中屋敷から忍が一人ずつ現れた。

「なにもなかったようだな」

見張りが生きている。それだけで襲撃がなかったとわかった。

「かえって不気味でございますな」

味方の損害がなかったことを喜ぶより、その裏を読んだ伊賀者の一人がつぶやいた。

「罠《わな》だろう。小鋤《こすけ》」

あっさりと三枝鋳矢は認めた。

「ならば……」

あわてた小鋤を三枝鋳矢がおさえた。

「罠とわかっていれば、かわすこともできよう。知らずにかかるからこそ罠の効果は発動する。そこに落とし穴があるとわかっていて、はまる馬鹿はおらぬ。なにより、これだけの伊賀者がいて負けるはずはない」

三枝鋳矢が断言した。

山里伊賀組は、その勢力のすべて、九名の伊賀者を出していた。

「真田内記信政のもとから、書付を取りあげる。邪魔だていたす者は容赦せずともよい。ただし、真田内記には傷をつけるな」

「顔を知りませぬ」

山里口は、決められた者以外の通行を禁じている。山里口伊賀者は大名の顔を見る機会がなかった。

「身形《みなり》のもっともいい者がそうじゃ。あと、他の者が護ろうとしている」

「なるほど」

配下が納得した。

「真田内記は、血のつながりがないとはいえ、家康さまの義理の子。そしていつ老中首座となってもおかしくない本多本家の孫。伊賀者の手で屠《ほふ》っては、あとの祟《たた》りとなる」

　三枝鋳矢が説明した。

「抵抗されてもでございまするか」

「そうだ。戦場を知らぬ大名など、我らにとって赤子同然。抑え込むのになんの苦労もない」

「承知」

　強く命じた三枝鋳矢に伊賀者たちが首肯した。

　大名屋敷の塀など、戦うと決めた伊賀者たちにとって、ないも同然であった。忍刀を足がかりにすることもなく、たちまち十人の伊賀者が、塀をこえた。

「来たか」

　隠そうとさえしていないのだ。伊賀者の侵入に霞は気づいた。

「起きろ……」

　伊織を起こそうとした霞は、目を見張った。すでに伊織は目覚めていた。

「これが忍の気配か」

　わずかに首を振って、伊織は緊張をほどいた。

「ここに来て開いたか。遅咲きすぎるがな」

霞が苦笑した。

「弥介」

「はい」

伊織の言葉に弥介が反応した。預かっていた大太刀の柄《つか》を伊織に握らせると、弥介は鞘《さや》を持った。

「引け」

鯉口《こいぐち》を切ると同時に、鞘がはずされた。

伊織は大太刀を天へ向かって立てた。

鞘を置いた弥介が、用意の短槍《たんそう》を抱え、準備は整った。

「ぎえっ」

「くせ者じゃあ」

争闘の気配は、苦鳴や叫びを伴って近づいてきた。

「来た」

霞の反応よりも、伊織は早かった。

「……ぬお」

伊織は大太刀を袈裟《けさ》懸けに落とした。

警固の壁を突破した勢いのまま突っ込んできた伊賀者の先手は、振り下ろそうとした忍刀ごと大太刀によって両断された。

「……すごい」

あまりのすさまじさに霞が絶句した。

「拭いは」

「間に合わぬ」

残心の構えから天の形へ戻すのが精一杯であった。すぐに二人目の伊賀者が近づいてきた。

「…………」

二つになった仲間の死体に目もくれず、二人目の伊賀者が跳びかかってきた。

「疾《はや》い」

一瞬で三間《けん》（約五・四メートル）近い間合いをなくした伊賀者の体術に、霞が感嘆の声を漏らした。

「……せいあぁ」

動き出してではなく、止めしなに発する独特の気合いをもって、伊織は伊賀者へ大太刀を落とした。

「……くっ」

伊賀者が身体をひねって大太刀をかわそうとした。

「ぐうう」

勢いののった大太刀からは、完全に逃げることはできなかった。伊賀者は、右腕を吹き飛ばされてよろめいた。

「おうりゃあ」

一度振った大太刀はもとに戻すまでどうしても一拍の間が要る。忍との戦いでは、取り返しのつかない隙《すき》であった。

その隙を埋めるのが弥介であった。

右手を失った伊賀者が、その苦痛をおさえて懐《ふところ》へ左手を入れたところで、弥介が短槍で突いた。

「ぎゃっ」

背中からまともに貫かれて、伊賀者が絶叫した。

「次が来るぞ。まずい、三人同時か」

霞が表情をゆがめた。

機をうかがっていた山里伊賀者小頭数屋喜太が、選び出した若い伊賀者の田所太一へ、合図した。

「そろそろよかろう」

「…………」

喜太の言葉に太一が首肯した。

「味方の損害も、目の前の敵も無視する。ただ、ひたすら奥の間を目指し、そこにあると思われるものを奪取、脇目も振らず脱出する。わかっているな」

「承知」

短く太一が応えた。

「いくぞ」

喜太と太一が塀を乗りこえた。

庭での戦いは終了しつつあった。

武芸にすぐれた藩士といえども、忍との対峙《たいじ》は初めてであり、勝手が違いすぎた。

青眼に構えた藩士のもとへ、左右から手裏剣が撃ちこまれ、間合いへ入った伊賀者を斬りつけようとした者は、高く跳躍した忍の一刀を喰《く》らった。

「おうりゃ」

十人をこえていた藩士のほとんどが傷を負い、抵抗もまばらとなっていた。

「我らの被害はないようだ」

走りながら喜太がつぶやいた。

庭に倒れているなかに、伊賀者はいなかった。

「あたりまえのことでござろう」

後に従う太一が言った。

外庭を一呼吸で駆け抜けた二人は、表御殿の一棟を軽々と乗りこえ、中庭へ侵入した。

「まさか……」

驚愕で喜太が足を止めた。

「馬鹿な」

太一も動きを止めた。

仲間の伊賀者が、一カ所で倒れ伏していた。

「とまどうな、行け」

全体を見下ろす母屋《おもや》の屋根に三枝鋳矢がいた。

「おう」

言われて喜太がうなずいた。

二

三人の伊賀者を防がなければならなくなった伊織だったが、けっきょくのところ失敗した。大太刀の重さが災いした。

「……おうやあ」

最初の一人を斬り落としたところまではよかった。

「みょうなものを……」

遅れていた二人が動きを止めた。

大太刀の間合いは三間である。全長が一丈（約三メートル）もあるわりに短いのは、大きく踏み込むと重心が狂い、支えきれなくなるのだ。

いや、ほとんど足場を動かせないというのが実情であった。

「…………」

顔を見あわせた二人の伊賀者が、目で意をかわし、手裏剣を同時に投げた。

あわせて六本の手裏剣が伊織を襲った。

大太刀ほど手裏剣と相性の悪いものはなかった。振り払う動作が大きすぎ、数に対抗できない。

伊織は大太刀で手裏剣を弾《はじ》くことをあきらめ、身体を地に投げ出した。

「ぐう」

大太刀の刃で己を傷付けないように、右肩から落ちた伊織は、受け身をとれなかった。

「はあっ」

小さく気合いを発した伊賀者は、伊織を跳びこえると母屋に取りついた。

「させるか」

弥介が短槍を突き出した。

しかし、後ろに目がついているかのような動きで、伊賀者はこれをなんなくかわし、雨戸を蹴破った。

「待て」

左手で守り刀を握った霞が斬りかかったが、勢いが足りず間に合わなかった。

二人の伊賀者が母屋へ入り込んだ。

「くっ」

痛む肩を無視して起きた伊織は、母屋へ身体を向けた。

「落ちつけ。大太刀を屋内で遣えると思うか」

霞が怒鳴った。

「……弥介」

鞘に戻している間はなかった。

「お任せを」

意図を悟った弥介が、大太刀を受けとった。

「頼んだ」

伊織は脇差を抜いて、伊賀者が開けた雨戸の穴へと駆けあがった。

「曲者《くせもの》」

信政の周囲には六名の近習《きんじゅ》が詰めていた。

いわば本陣に選ばれて配された者である。雨戸が蹴破《けやぶ》られたときには、迎撃の態勢を完成していた。

「若殿を」

近習頭の命で、二人が、信政の壁となるべく前に立ちふさがった。

「えいやあ」

廊下近くにいた近習が、手にしていた槍で侵入してきた伊賀者を突いた。

「……………」

軽く跳んで槍に空をきらせた伊賀者が、手裏剣を撃った。

「ぎゃっ」

槍を持った近習の顔に手裏剣が刺さった。

「伊豆谷《いずや》」

同僚の死に、思わず気がそれた近習へ、遅れて入ってきた伊賀者が忍刀をぶつけた。

「ぐええ」

袈裟懸けに斬られた近習が崩れた。

「おのれ」

近習頭が、槍を振るった。

室内で水平に薙《な》いだ槍は脅威であった。槍の刃先は鋭く、刀と違って両刃になっている。わずかでも触れれば、腕くらいなら飛ばすだけの威力があった。

身体の中心たる臍《へそ》の高さで薙がれた槍を、伊賀者は屈《かが》んでかわした。腰と膝を曲げたみょうな姿勢でも、伊賀者の疾さに変わりはなかった。

「くっ……」

懐に入られれば槍は長いだけ始末に悪い。

急いで近習頭は槍を手元へたぐり寄せたが、間に合わなかった。

「…………」

曲げていた腰と膝を一気に伸ばして、伊賀者が近習頭へ跳びかかった。

「なんの……」

槍をあきらめて脇差に手を伸ばした近習頭の右腹へ、忍刀が突きさきさった。

「かはっ」

人体の急所である肝の臓を裂かれて、近習頭が即死した。

「遠藤……」

見ていた信政が絶句した。

「若殿へ近づけるな」

残った近習が蒼白《そうはく》な顔で集まった。集合することで近習たちは的を大きくしていた。

「……馬鹿が」

嘲笑《ちょうしょう》した伊賀者が、手裏剣を投げた。

「わっ」

「ぎゃあ」

いくつかは払いのけられたが、二人が手裏剣によって倒れた。

「わあああ」

恐慌に陥った若い近習が、太刀を振りまわして斬り込んだ。

「死ねええ」

頭に血がのぼった近習は、室内であることを忘れて、太刀を振りかぶった。切っ先が天井板に食い込み、動かなくなった。

「えっ、え」

状況が理解できないまま、若い近習はがら空きとなった胴を割られた。

口をあけた衣服の間から、紅い血潮が溢《あふ》れ出し、つづいて青白い腸《はらわた》がこぼれた。

「ひゃ、ひゃ、ひゃ」

柄から手を離して、出ようとする内臓を押さえた近習が、膝から落ちた。

「伊豆守から預かったものを出せ」

くぐもった声で伊賀者が告げた。

「おうりゃあ」

残っていた近習が、決死の覚悟で前に出た。

「動くな」

しかし、忍刀を突きだされて、近習がたたらを踏んだ。

「内記も殺すぞ」

「むっ」

宣されて近習の動きが止まった。

「出せ……げはっ」

ふたたび命じた伊賀者の胸から槍の穂先が生えた。屋敷に入った伊織が、落ちていた槍を拾いあげて投げたのであった。

「なにっ」

振り返ったもう一人の伊賀者へ、伊織が肉薄した。擦るような居合いの足運びは、室内での戦いでこそ本領を発揮した。

「なにっ」

伊賀者があわてた。

「おうりゃあ」

脇差の間合いは短い。伊織は、忍刀の切っ先が触れるほど近づいてから、腰を落とした。

「ちっ」

まっすぐ忍刀を突き出した伊賀者は、伊織の姿が見えなくなったことに舌打ちした。

「下か」

あわてて後ろへ下がろうとした伊賀者の下腹を狙って、脇差を伊織は股間《こかん》からみぞおちへと撥《は》ねあげた。

「……………」

苦鳴を漏らさず、伊賀者が絶命した。

「若殿、ご無事で……」

伊織は信政の前に駆けよった。血塗られた脇差を背中に回した。

「あ、ああ」

悲惨なありさまに、信政の顔色は蒼白であった。

「何人やられた……」

「生き残っておる者を数えたほうが……」

信政の周囲に残った最年長の近習が苦い顔で答えた。

「ここまでして守らねばならぬほどのものなのか」

愕然と信政が、右手の書棚へ目をやった。

「仁旗」

霞の叫び声に伊織は、無意識の反応を返した。

手にしていた脇差を背後に向けて振った。

「…………」

手応えとともに、なにかが畳に落ちた衝撃を伊織は感じた。

「忍」

信政が息をのんだ。

背後の気配に注意を奪われていた伊織は、もう一人の伊賀者への対処が遅れた。

太一を犠牲にして、喜太は信政の目が見た書棚へ手を突っ込んだ。なかのものを掴んだ喜太が、手にしていた手裏剣を信政へ投げた。

「ちっ」

伊織は伊賀者への攻撃を諦《あきら》めた。信政に向けられた手裏剣を防ぐのをなにより優先すべきと伊織は判断した。

身体をひねるようにして、右手に勢いを与え、片手薙ぎで伊織は脇差を振った。

たった一本しか投げられなかった手裏剣を、伊織は弾いたが、無理な体勢となり、伊賀者の逃走を許してしまった。

「しまった。追え」

我に返った信政が命じた。しかし、咄嗟《とっさ》に動ける者はいなかった。あっという間に伊賀者が建物を出ていた。

「弥介」

叫びながら、伊織は走った。

「この」

飛び出てきた伊賀者へ霞が斬りかかった。利き腕の使えない霞の一撃は、なんなくかわされた。

「えいっ」

弥介の短槍も間に合わなかった。

伊賀者喜太は、脇目もふらずに真田の中屋敷を駆け出た。

「その顔、しかと覚えたぞ、戸隠巫女《みこ》」

屋根の上からすべてを把握していた三枝鋳矢が、告げた。

「なにより大太刀を遣う者、おまえは許さぬ。今宵から一夜たりとても安らかに眠ることはかなわぬと思え」

屋敷から出て来た伊織にも、そう言い残して三枝鋳矢は消えた。

伊賀者の襲撃による被害は甚大であった。

「若殿、ただちに上屋敷へ人をやって……」

「いや。そのまえに怪我人の手当をいたせ。騒動が近隣に聞こえてはまずい。静かにな」

騒ぎたてようとする近習たちを、抑えたのは中屋敷の用人であった。うながされた近習たちが、散っていった。

「伊崎、どういうことだ」

信政が、用人伊崎にきびしい声で問うた。

「殿より、申しつかっておりますれば。藩のためでございまする、どうぞ」

伊崎は、信政へ我慢してくれと頼んだ。

「騒ぐなと言うのはわかる。しかし、預かっていたものを奪われたのだぞ。ただちに追っ手を出し、取り返さねばならぬ」

真田の命運をわけるとまで言われたものだったのだ。信政の焦りは当然であった。

「できませぬ。すでに夜明けも近く、他人目《ひとめ》もございまする。こんなときに、大勢の藩士を出して、江戸中を捜索させたりしては、評判を呼びまする。よくない評判は、幕閣の疑念を抱き、かえってやぶ蛇となりかねませぬ」

はやる信政を落ちつかせるように、伊崎はゆっくりと述べた。

「なにごともなかったといたさねばなりませぬ」

「しかし……」

「若殿さまには、ご辛抱を願いまする。起こったことをなくすことはできませぬ。なれば、少しでも傷口を広げぬようにいたすべきではございませぬか」

信政の反論を、伊崎が封じた。

「若殿さまには、夜明けとともに上屋敷へお出でいただきますよう。駕籠《かご》の用意をいたしまする」

伊崎が下がった。

「……なにをなさりたいのだ、父上は」

一人になった信政が、つぶやいた。

戻った伊織は、弥介から大太刀を受けとり、刃に拭いを自らかけた。なにか無心になれることをしていなければ、耐えられなかった。

伊織の手には、夢中だった戦いの間には気にもしなかった人を斬った重く鈍い感触がはっきりと残っていた。

「若……」

弥介が悲痛な顔で伊織を気づかった。

「…………」

伊織は気づかぬふりで一心に大太刀を磨いた。

伊賀者を三人も両断した大太刀に、刃こぼれはなかった。しかし、表面にはべったりと血がこびりついていた。

身体から出た血は変化する。すでに大太刀の刃に付いた血は赤黒く変色し、固まっていた。

伊織はたえず持ち歩いている鹿の裏革で、刃の表面をこすった。

地に腰掛け、柄を下に、抜き身の大太刀の峰を左肩へもたれさせるようにして、伊織は鹿革を強く使った。

血がこそげ落ちただけ、己のなかに残った澱《おり》が消えていく。伊織はそう思い込みながら、大太刀を磨いた。

「やはりなんの手がかりも遺《のこ》してはおらぬが……」

死んだ伊賀者の身体を調べていた霞が、立ちあがった。

「正体は知れている。柿渋染めの装束に、黒焼き入れした棒手裏剣、こんなものを使うのは伊賀者だけよ」

霞が吐き捨てるように言った。

「大太刀の手入れか。得物はいつでも使えるようにしておかねばならぬ。さすがは斬《ざん》馬衆《ばしゅう》。よい心がけだ」

伊織の姿を見て、霞がうなずいた。

「それが……」

弥介が口を出した。

「なんだ……」

怪訝《けげん》そうな顔をした霞だったが、すぐに気づいた。

「逃げておるな」

霞がつぶやいた。

「初めてで三人……いや四人を斬ったのだ、無理もないが……」

必死で血をこそげている伊織を見下ろした。

「刀と一緒で、研がぬ限り、血は落ちても脂はとれぬ。なにかに逃げ込むことで当座はごまかせても、心の奥には傷を抱えたまま。いつかは傷がふたたび開く」

「どうすれば……」

「子供ではない。尻を叩いたところで無駄じゃ」

己でなんとかするしかないと霞がつきはなした。

「それではあまりに……」

弥介がすがった。

「生きているだけましよ。見よ、あたりを」

伊織に聞こえるように霞が言った。

「死者だけで十二名を数えた。傷が深く数日持たぬ者もおるゆえ、もっと増えるだろう。たった一刻（約二時間）、いや半刻（約一時間）ほどで、これだけやられた」

「…………」

霞の話を聞くまいと伊織は、さらに必死で刀身を磨いた。

「戦。これは、真田を守る戦なのだ。武士として生きていくならば、避けることのできぬ、主家を残すためのな」

言い終えて霞が去っていった。

中屋敷での後始末を用人に任せて、信政は駕籠で上屋敷へと送られた。

「帰ってきたか。無事で何よりじゃ」

御座の間で信之が待っていた。

「父上。申しわけございませぬ」

　信政は平伏した。

「なにを詫びることがある。信政、そなたはよくやった」

「いえ、お預かりしたものを、奪われましてございまする」

　なぐさめる信之へ、信政が首を振った。

「そのうえ、多くの藩士の命を失いまし……」

　感極まった信政が絶句した。

「いたましいことだが、これも真田の定めよ」

　信之が沈痛な表情で述べた。

「考えてもみよ、いまが泰平なればこそ、あれだけの死者が出たことに驚愕しておる。しかし、合戦であれば、一桁死者の数は増えるのだ。儂《わし》はそうやって真田の家を守り、大きくしてきた。藩というのは、家臣の犠牲のうえになりたつものなのだ。そなたも支藩とはいえ、大名の端くれ、その覚悟を持たねばならぬ」

「しかし……」

　きびしく信之が教えた。

「死んだ者たちを侮蔑するか」

さらに言いつのろうとした信政を、信之が叱った。

「藩士たちは、皆、藩のために死ぬことを誇りとしておる。そうでなくば、武士など辞めてしまえばいい。武士とはなんぞや。主を守り家を栄えさせることが役目であろう。でなくば、泰平の世になんの役にもたたぬ太刀をはき、侍でございと偉ぶってなどおられまい。儂とて、肚《はら》の据わらぬ家臣に禄をくれてやる気などない」

「……………」

四十歳をこえる息子が父に説教されていた。

「と同様に藩士たちも主を見ておる。命をかけるに値しないと見かぎられてみよ。大名として死んだも同然となる。百万石でございといったところで、大名も一人の侍でしかない。家臣なしで何一つなすことはかなわぬ」

「はい」

「このたびのことは、まことに残念だ。多くの有能な者どもを失った。なれどいまさら悔やんだところで、死んだ者が返るわけではない。ならば、主たる我らはなにをすべきなのか。無駄死にとさせぬことだ。死した者たちの行動に価値を与えてやるのが、大名の仕事ぞ」

「価値でございまするか」

信政が訊《き》いた。

「そうよ。死に意味を持たさねばならぬ。言い換えれば飾り立ててやるのだ」

「飾り立てる……」

「嫌な言いかただがな。今回のことは、真田を狙う幕府の手を防いだ。見事なる最後であったと、感状をつけて跡目を仰せつけてやるだけでいい」

「感状だけでございまするか」

「しかたあるまい。この戦に勝ったところで、真田の領地は一石も増えぬのだ」

冷静な声で信之が言った。

「それについては了承しました」

信政は一応の納得をした。

「ですが、真田を守ったとは言えぬと存じまするが。あの書付には真田の命運を左右することが記されていたのでございましょう。それを伊賀者に奪われてしまった。近いうちに幕府からなんらかの罰がやってまいりましょう。お手伝い普請ていどですめばよろしいが……」

預かった書付が、藩の存亡にかかわるものと聞かされていた信政は、震えていた。

「心配ない。あれは写しだ。といっても、本物などもうないがな」

信之が告げた。

「家康さま、本多忠勝さま、父昌幸、そして儂が交わした密約は、紙に残せるものではない。そんな証拠を残すようなまねを家康さまがなさるはずもない」

「はあ。ではあれは……」

「儂から松平伊豆守への贈りものじゃ。土井大炊頭と対抗するだけの名分をくれてやったのよ」

目を細めながら、信之が小さく笑った。

三

四谷の伊賀組屋敷へ無事に帰還したのは、わずかに三枝鋳矢と数屋喜太の二人であった。

「思ったより被害は大きかったな」

忍装束を解きながら、三枝鋳矢が嘆息した。

「使える者を補充するのに頭が痛みまする」

喜太も大きく息をついた。

「一人前の忍を生み出すには、十五年はかかる。今はいいが、次ともなればどうにもならぬ。急ぎ伊賀へ人をやり、若い者をよこさせねばなるまい」

すでに伊賀を離れて代を重ねてはいたが、それでも国とのつきあいは続いている。いや、伊賀は離れていても一つであった。

「まさに」

三枝鋳矢の言葉に喜太も首肯した。

「出るぞ」

すでに勤めに出かける刻限であった。明らかに不足した人数のまま、三枝鋳矢は山里口伊賀者詰め所へと向かった。

御用部屋で執務している松平伊豆守のもとへ、土井大炊頭が入ってきた。

「邪魔する」

「これは大炊頭さま」

あわてて伊豆守は片づけていた用件を、側へ置いた。

「ああ、すぐに去るゆえ、仕事は続けてくれてかまわぬ」

土井大炊頭が腰を下ろした。

「なにか」

「松代のことはどうなっておるのかの」

問うた松平伊豆守に、土井大炊頭が質問で答えた。

「……すでに手は打っておりまする」

「そうか。それならばよろしい。知恵伊豆どのの手配じゃ。万一はないと思うが、大井川のお手伝いは早く決めねばならぬゆえ。梅雨に入ってしまえば、工事もおこなえぬし、水の害もおこりえるでな。なにより、命じられる真田にも用意のときくらいは、与えてやらねばの」

言い終えると、土井大炊頭は立ち去った。

「嫌みを言いに来たのか……」

いなくなるのを待っていたかのように、阿部豊後守が姿を見せた。

「ああ。暇なのだろうな」

松平伊豆守が苦い顔をした。

「上様より、大炊頭には重要な案件のみにかかわらせ、些末《さまつ》なことでわずらわせるなとのお言葉があったからな。でなくば、山のようにある御用を押しつけて、他人の仕事にまで口出しするような暇は与えてやらぬものを」

「で、どうなのだ」

「伊賀組に仕掛けは命じたが……」

「そうか。ならば行ってくるがいい。おぬしの御用も見ておく」

阿部豊後守が勧めた。

ともに家光の閨《ねや》にはべった仲である。寵愛《ちょうあい》を競ったこともあったが、子供のときから一緒にいた歴史は大きい。

「すまぬな」

遠慮することなく松平伊豆守が甘えた。

御用部屋を後にした松平伊豆守は、脇目もふらずに山里伊賀組詰め所まで急いだ。

「御老中さま。少しお話を」

「今から御用部屋へ伺おうといたしておりましたところで」

なかなか御用部屋から出てこない松平伊豆守の顔を見て、多くの役人たちが声をかけてきた。

「急ぎの用件じゃ。後にいたせ」

冷たく松平伊豆守は言い捨てて、歩みを止めようともしなかった。

山里伊賀組詰め所では、三枝鋳矢が平伏していた。

「お待ちいたしておりました」

詰め所に入った松平伊豆守が、眉《まゆ》をひそめた。

「二人しかおらぬではないか。組頭を入れて四名が、待機しておらねばならぬ決まり」

「怖れながら、他の山里伊賀者は、皆死にましてございまする」

三枝鋳矢が報告した。

「なんだと。八名も失ったというか」

「はい」

沈痛な表情で三枝鋳矢が応えた。

「真田か」

「昨夜、真田家の赤坂中屋敷を襲いましてございまする。その結果がこれで……」

「……ううむ。で、首尾は」

一度はうなった松平伊豆守だったが、すぐに成否を尋ねた。

「これを」

三枝鋳矢が、懐から油紙に包まれた書付を差し出した。

「……これか。なかを見てはおらぬだろうな」

「もちろんでございまする。分をこえたまねはいたしませぬ」

松平伊豆守の確認に、三枝鋳矢が首肯した。

「ここならば、人は来ぬな」

「もちろんでございまする。念のため、我らも外で見張りを」

三枝鋳矢が喜太をうながして詰め所を出た。

「真田を揺るがす秘事か」

厳重に包んである油紙を、松平伊豆守は一枚ずつはがしていった。

出て来た一枚の紙、その内容を読み進めるにつれて松平伊豆守の顔色が蒼《あお》く失われていった。

「……馬鹿な。これが真実だというのか。神君家康さまは、いったいなにをお考えになっておられたのだ」

力なく書付を落として、松平伊豆守が、息をのんだ。


中屋敷の騒動は、昼を過ぎてようやく終わった。

「一同、休むように。若殿も上屋敷へ戻られた。別命あるまで、出務におよばぬ。数日の勤め、ご苦労であった」

伊崎用人によって、伊織たちはようやく任を解かれた。

長屋へ帰った伊織は、居間で呆然《ぼうぜん》と座り込んだ。

「殿さま、中食でございますが……」

「要らぬ」

女中の仲が膳を持って来たが、伊織は首を振った。

「食べなければ、身体が持ちませぬ。一口でも……」

「要らぬと申した」

「……失礼をいたしました」

怒鳴られて、膳を抱えた仲が逃げ出すように去った。

「女中に当たり散らすのは、武士としてどうかと思うぞ」

そんな伊織を霞が咎《とが》めた。

「もうことはすんだはずでござる。なぜ、あなたがまだ我が家におられるか」

「そんなに追い出したいか。これでも神祇衆《じんぎしゅう》のなかでは、容貌はましだと思っていたのだが」

霞が伊織の矛先をわざとゆがめた。

たしかに霞は十人並みをこえた容姿であった。身柄こそ大きくはないが、色白な肌に漆黒の髪、細身でありながら量感ある胸と腰は、十二分に女を感じさせた。

「からかうのはやめていただきたい。用がないならば、お引き取り願おう」

きっぱりと伊織は出ていけと言った。

「そうやって忘却のかなたに押し込むつもりか」

不意に霞の声が低くなった。

「初めて人を斬ったのだ、多少のことは目をつぶるつもりであった。なれど、貴殿は逃げるだけか」

「どういうことだ」

「仁旗の家はどうやって作られた。そのことを考えたか」

「なにを……」

いきなり話が飛んだことに伊織はとまどった。

「十三万石の真田家で百二十石とは、かなり多いのだ。上士とまでは言わぬが、仁旗の家は、真田でも知られている」

霞の言うとおりであった。たしかに先々代の祖父が斬馬衆となったのは、その武名によるところが多かった。真田昌幸の目に止まるほど功績を重ねていたからこそ、本陣を守る最後の盾として選ばれたのだ。

「その百二十石は、おぬしが得たものか。違うであろう。先祖が戦場《いくさば》で敵を倒して手にしたもの。そうではないのか」

「う……」

そこでようやく伊織は、霞の言いたいことを理解した。

「侍は、人を殺していくらか……」

「そうだ。貴殿は手柄をたてたのだ。ただ戦場での功名と違うのは、他人に誇ることができないだけでな」

霞がうなずいた。

「わかった。いろいろと助けてもらったことに感謝する。だが、もうお引き取り願えぬか」

口調を和らげて、伊織は出ていってくれと願った。

「なにを言っている。ことは終わっておらぬぞ」

「終わっていないだと」

伊織は目を剝《む》いた。

「あたりまえであろう。このたびのことは、ものを奪われただけ、真田の負けではあったが、伊賀者をかなり仕留めた。もっとも、伊賀者の死体をもって、幕府へ文句をつけたところで、知らぬ存ぜぬですまされるだけだが、弱みには違いない。あとは殿や老職方の交渉となるが、痛み分けという結果になろう。真田になにかしらの要求が突きつけられはしても、最悪の事態は避けられたはず」

「まだ幕府は真田を狙うと……」

「少なくとも土井大炊頭が存命している間はな」

「老中首座の寿命がある限りか」

土井大炊頭が何歳かも知らない伊織にしてみれば、無限にも思える期間であった。

「と言ったところで、土井大炊頭は、かなりの高齢、せいぜい五年ほどだろうが……」

霞が言葉を一度切った。

「生きている間に憎き真田を始末しようとするであろうな」

「よりはげしく攻撃してくると言うか」

伊織はぞっとした。

「伊賀者の恨みも合わせることになった。このたびのことが、児戯と思えるほどの目に遭わされることは確実だ」

今日は鍛錬を休むと残して、霞が貸し与えられている間へと下がっていった。

御殿坊主ほど耳ざといものはいない。

厳重に秘されたはずの、真田中屋敷襲撃の顚末《てんまつ》を、宗達が耳にしたのは、当日の昼過ぎであった。

「山里伊賀者が壊滅状態か」

江戸城の退《ひ》き口である山里口を通れる者は、黒鍬者《くろくわもの》や鷹匠《たかじょう》などわずかな者だけで、老中といえども、出入りは禁じられている。山里口を守る伊賀者の数が足りないことはすぐに知られた。

身分軽い者の口は軽い。山里口の異変は、すぐに御殿坊主の知るところとなった。あとは、城中の噂を集めて検討すれば、相手が真田であるとわかるのにときはかからない。

「向こうの被害はどれくらいかな」

家康の御霊屋《みたまや》を磨きながら、宗達がつぶやいた。

「明日にはわかるであろう。藩士の死体をそのまま屋敷内で葬るわけにもいくまい。寺へ運ぶことになる」

同じ御霊屋坊主の深泉《しんせん》が答えた。

「内記はどうだったか」

「死んだとは聞かぬ」

深泉が、御霊屋の線香を交換した。日のある間、線香をいっときも欠かさないようにするのも、御霊屋坊主の仕事であった。

「伊豆守さまの顔色がなかったらしい」

灯明台《とうみょうだい》にこびりついた蠟燭《ろうそく》の蠟を落としながら、深泉が続けた。

「山里伊賀組を動かしたのは、伊豆守さまらしいからな」

乾いた布で御霊屋の扉を拭きながら、宗達がうなずいた。

「失敗したか、伊賀は」

「ではなかろう。山里口を通った鷹匠の話によると、山里伊賀組組頭の三枝は、いつもと変わらぬ風情であったというぞ」

鷹匠は、将軍家がおこなう鷹狩りの鷹を飼育する役目である。敏感な鷹を相手とするだけに、気配を読み取る才能がすぐれていた。

「となると、伊賀者の報告が伊豆守さまにとっては、衝撃だったたか」

「おそらくな」

「知らねばならぬの。その内容を」

「うむ。城中で御殿坊主の知らぬことがあっては、先祖への顔向けができぬ」

宗達の意見に深泉が同意した。

「このくらいのことならば、永道斉にさせればよかろう」

「よな。我らは大炊頭さまのご命を果たさねばならぬでな」

「見合うだけのものをいただけるとよいがの」

「くださらぬなら、上様に申しあげるまでよ。我ら御霊屋坊主がやってきたことすべてを含めてな」

「ふふふ。そうなれば、我らも生きてはおられぬが、土井家も潰されるな」

低い声で宗達が笑った。

「老中首座であり、家康さまの隠し子と二十俵二人扶持《ぶち》が差し違えか。なかなかおもしろいことになるの」

深泉も頬をゆがめた。

「下調べに行ってくる。あとは、任せた」

宗達が、音もなく消えた。

四

一夜を徹したに等しい伊織だったが、翌日もまったく眠ることができなかった。目を閉じれば、あざやかなまでに肉を割り、骨を断つ感触が両手へよみがえってくるのだ。

と同時に脳裏へ、大太刀で二つにされた伊賀者の姿が浮き上がってくる。

霞との会話で、人を殺したことへの嫌悪はかなり薄まっていたが、心にかかった負担は減っていなかった。

「…………」

とうとう伊織は一睡もできなかった。

「朝餉《あさげ》まで食えぬなどと言うならば、わたくしは貴殿をさげすまねばならぬ」

折れた右腕ではなく、左腕だけで器用に箸を使いながら、霞が言った。

「わかっておる」

昨日、戦いを経験してはじめて武士は一人前だと霞に言われたばかりである。腹が減っては戦ができぬという言葉のとおり、体力の維持も武士の仕事だと伊織は理解していた。

なんの味もしない飯を伊織は我慢して食べ終えた。

「馳走であった」

給仕してくれている仲に、そう言って伊織は立ちあがった。

「お出かけか」

さすがに霞は、まだ食べ終えていなかった。

「道場へ行ってくる」

「ふむ。それもよろしかろう」

霞は止めなかった。


道場へ着いた伊織はいつものように、井戸端で素裸となって水を浴びた。身を切るかと思うほど冷たい真冬の井戸水を伊織は、何杯も浴びた。

「井戸が涸《か》れるわ、止めぬか」

いつの間にか軍太夫が出てきていた。

「はっ」

伊織は言われるままに、水浴びを止めて、身体を拭いた。

「そなた人を斬ったな」

軍太夫が、指摘した。

「おわかりになりまするか」

「わからいでか。人を斬った者は、気配が変わる。とくに、斬ったばかりだと目つきが違う。伊織、きさま、今、どんな顔をしているのか、鏡を見たか」

「いえ」

鏡など、普段でも見たことなどなかった。

「あとで冴葉にでも借りて見よ。もっとも冴葉が近づいてくれればだがな。今の伊織は、まるで幽鬼のようぞ」

「幽鬼……」

師匠から言われて、伊織は顔に触れた。

「さっさと身なりを整えて道場へ来い。いつまでも放り出しておくな。我が道場には女子供も来るのだ」

叱りつけて、軍太夫が道場のなかへ消えた。

残された伊織は、あたらしい下帯と稽古着を身につけ、一礼して道場へ入った。

道場には、何人かの弟子たちがいた。木刀を持って神道無念流の型を繰り返している。

「仁旗さまだ」

道場筆頭の伊織を見つけた弟子たちが、近づきかけて、足を止めた。

「…………」

弟弟子たちが息をのんだのを、伊織ははっきりと感じた。

「…………」

無言で、伊織は道場の下座に腰を下ろした。目を閉じて、こころを研ぎ澄ます。稽古前の習慣であった。

伊織が瞑目《めいもく》したのを見て、弟弟子たちが我に返った。

「お、おい」

「あ、ああ」

顔を見合わせた弟子たちが、そそくさと稽古をやめて、道場を離れていった。

弟子がいなくなるのを待っていたかのように、軍太夫が現れた。

「わかったか」

「……はい」

目を閉じていても、伊織は弟弟子たちが、おののいていたことを知っていた。

「一応とはいえ、剣を学んでいる者たちを避けさせるだけの殺気を、そなたは放っているのだ。もっとも、このくらいのことで逃げ出すようでは、剣士としての資質に欠けると言わざるを得ないがの」

軍太夫が苦笑した。

「稽古をつけてやろう」

「いえ、師よ。今日は、稽古ではなく、お教えをいただきたく」

伊織は首を振った。

「人を殺したつらさをどうすればいいかを聞きたいか」

「はい。是非に」

見抜いている軍太夫に、伊織は願った。

「あほう。そんなものが口で伝えられるか。言葉でどうこうできるものではないわ。儂《わし》は坊主ではない。剣術遣いよ。剣術遣いの教えは、すべて身体でおこなうものよ。木刀を持て」

軍太夫が命じた。

「はい」

そこまで言われては、逆らうことなどできない。伊織は壁に掛けてある木刀を手にして、道場の中央に立った。

「参れ」

「お願い申しあげます」

頭を下げて伊織は木刀を青眼に構えた。

「遅い」

不意に軍太夫が間合いに踏み込んできた。

稽古では二間（約三・六メートル）の間合いを取るのが慣例であった。なにより、格下からかかっていくのが不文律なのである。

それを軍太夫は破った。

「…………」

軍太夫が木刀を振った。

「くっ……」

かろうじて伊織は、木刀で受け止めた。

「つうう」

一撃の重さに、伊織の手がしびれた。

「師……」

「はっ」

とまどう伊織へ、二撃目が加えられた。

きしむような音がして、伊織の木刀にひびが入った。

「待っ……」

折れた木刀の交換をと言いかけた伊織を無視して、軍太夫が襲った。

受ければ折れるとわかっていても、すさまじい勢いの軍太夫の一刀をかわすことはできなかった。

軍太夫の一閃《いっせん》とあたった瞬間、伊織の木刀はなかほどから折れて飛んだ。

しかし、刹那《せつな》軍太夫の木刀を支えた。まばたきよりも短いが、伊織にとっては十分だった。軍太夫の撃つ力に逆らわず、伊織は自ら倒れることで、木刀から逃げた。

「……ふん」

道場の床に転んだ伊織めがけて、軍太夫が追撃した。

「……師」

木刀の切っ先を、転がることで伊織は避けた。

「はっ」

軍太夫は気合いだけしか、発しなかった。

「ま、参りました」

かろうじて刺突をかわしながら、伊織は降参した。

「…………」

しかし、軍太夫の動きは止まらなかった。

三回逃げたところで、伊織は道場の羽目板に追い詰められた。

「死ね」

軍太夫が最初に発した言葉は、殺意だった。

「ひくっ」

浴びせられた殺気に、伊織は息をのんだ。

「なにを、なさっておられる師よ」

道場の入り口から、制止の声がかかった。逃げ出した弟子たちを見て、駆けてきた冴葉であった。

「おうやあ」

止《とど》まることなく、軍太夫が裂帛《れっぱく》の気合いを発し、木刀を突き出した。

「…………」

伊織の頭上一寸の羽目板を木刀が易々と貫いた。

すさまじい殺気に、伊織の身体が硬直した。

「きゃああ」

遠目からなら、軍太夫の一撃が伊織を撃ったように見えるほどの至近さであった。

冴葉が悲鳴をあげた。

「声をかける前に、状況を確認せんか。あやうく手元が狂うところだったわ。冴葉」

ゆっくりと軍太夫が振り向いた。

木刀をそのままに、軍太夫が上座へと戻った。

「いつまで呆《ほ》けておる、伊織」

座った軍太夫が怒鳴りつけた。

「は、はっ」

金縛りにあっていた伊織は、やっとのことで返事をしたが、身体が強《こわ》ばっていて動けなかった。

「情けない……冴葉、起こしてやれ」

軍太夫があきれた。

「あの……」

冴葉も腰を抜かしていた。

「まったくもって。儂はなにを教えていたのか、悩むぞ」

嘆息した軍太夫が、大きく息を吸った。

「喝」

「ひゃ」

可愛らしい声をあげて、冴葉が跳びあがった。

「事情の説明は後だ。伊織を生き返らせてやれ。死んだ男をこの世に引き戻すのは女の役目だ」

「は、はい」

冴葉がふらつきながら、伊織のもとへ行くと、手を伸ばして引きおこした。

「伊織さま、大事ございませぬか」

「大丈夫だ。手を離してくれ」

若い娘に手を握られるという初めての経験に伊織は、焦った。

「駄目でございます。師のもとに着きましたら、離してさしあげまする」

強く冴葉が伊織を引いた。

伊織は斬馬衆にふさわしいだけの身体付きをしている。男としても大柄な体軀《たいく》を冴葉が、必死に支えた。

ようやく立ちあがった伊織は、はりつくほど近い冴葉の身体に、困惑した。いくら剣術をやっているとはいえ、男とは違う柔らかさ、そして匂い立つ女の香りに包まれた伊織は、激しい動悸と不思議な安らぎを覚えていた。

「生き返ったようじゃな。やはり女は強いの」

やっと目の前にたどり着いた弟子たちを見て、軍太夫が言った。

「師、なにがあったのでございましょう」

憔悴《しょうすい》しきった伊織に目をやりながら、冴葉が詰め寄った。

「落ちつけ、儂がやったわけではないわ。儂は伊織を引き戻してやったのだ。そなたに恨まれることはない。ぎゃくに感謝して欲しいほどなのだ」

軍太夫が大きく息をついた。

「伊織」

「はっ」

声をかけられて伊織は、姿勢を正した。

「人を殺すこと。それはすなわち己も殺される覚悟がいるとわかったか」

「……わかりましてございまする」

軍太夫の問いに伊織は首肯した。

「えっ」

いきなりの話に冴葉が驚愕した。

「今、死んでみてわかったであろ。死は一人だけのものではない。家族や知人、侍ならば主君まで含めて影響を与えるのだ。そして、誰より衝撃を担うのが、殺した本人じゃ。斬った者は斬られた者のことを生涯忘れることはできぬ。いや、忘れることは許されぬ」

重い声で軍太夫が告げた。

「忘れられませぬ」

伊織は、感触の残る両手をぐっと握りしめた。

「まさか……」

冴葉が、大きく目を開いて伊織を見た。

「…………」

瞳に怯《おび》えの色を見つけた伊織は、沈黙するしかなかった。

「儂も人を斬ったことがある」

割り込むように軍太夫が言った。

「……まことで」

「剣術遣いの宿命よ」

苦い顔をしながら軍太夫が語った。

「儂の弟子から剣術遣いを出す気はなかったからの。生涯口にする気はなかったのだが……」

軍太夫が伊織に顔を向けた。

「できが悪いとはいえ、弟子は弟子。独り者の儂にとって、弟子たちは子供同然だからな。その子供が狂いかけているのを放置してはおけまい」

「師……」

伊織は目に熱いものを感じていた。

「剣術というのはな。学べば学ぶほど、奥の知れなくなるものよ。目録、免許と段階を踏む度に己が強くなっていく気がする。そうなればより高みをと思うのが人という者の宿命よ。道場で相手になる者がいなくなったとき、儂は外に敵を求めた」

静かに軍太夫が息を吐いた。

「二十五歳のときだったか、儂は、道場を離れて武者修行に出た。道場といったところで、今のように確とした場所があるわけではなく、寺などを借りてやっていたていどの小さなものだったが、あのころの儂にとって、すべてだった。そこで儂は無敵だった。師匠とやっても三本に二本はとった。井の中の蛙《かわず》そのままだった」

思い出すように軍太夫が瞼《まぶた》を閉じた。

「最初はよかった。田舎の道場ばかりを回っていたからな。儂に勝てる者はいなかった。なかには負けた腹いせに、闇討ちをかけてきたやつもいたが、一蹴《いっしゅう》してやった。しかし、鼻を折られた。田舎の無名を相手にすることにあきた儂は、無謀にも名古屋の柳生新陰流《やぎゅうしんかげ》道場の門を叩いた。そこで、儂は柳生の高弟一人にさえ勝てなかった。道場主の柳生利厳《としよし》にまみえることなく、儂は敗北した」

「師が」

聞いていた冴葉が驚愕した。

道場では筆頭の伊織でさえ、軍太夫に一度たりとて勝ったことがないのだ。まさに無敵と信じている軍太夫が、あしらわれた。弟子として信じられる話ではなかった。

「二十年は前の話じゃ。そのころの儂はどうしようもない若造だったのだ。柳生で完膚無きまでやられた儂は、己が弱かったとは思えなかった。今から考えれば思いたくなかったのだろうがの。名古屋を逃げるように離れた儂は、己に足りないものはなにかと考えた。そこで思いいたったのが、真剣での戦いを経験していないということだった」

「真剣勝負でございまするか」

無言の伊織に代わって冴葉が繰り返した。

「ああ。儂は木刀での試合しかしたことがなかった。もちろん、木刀でも人は殺せるが、剣の試合でわざと命を狙うことはない。儂は、一振りで相手を殺す、もしくは己が殺される真剣での緊張を知らぬがゆえに負けたと考えた。己の腕が未熟だったとは認めたくなかったのだ」

「で、真剣勝負を」

「した。まさか、柳生に申し込むことはできぬ。なにせ、手ひどく負けたばかりであったからな。儂は、浜松の城下でいつものように道場を荒らした。手ひどく相手を負かした。それがどのような結果を生むかを知っていてな」

暗い笑いを軍太夫が浮かべた。

「よそ者にのされた道場がどうするか知っておるか。負けたことを言いふらされないように、勝った者を金で懐柔するか、闇討ちにして殺すのだ。予想どおり、儂に負けた道場は、しっかりその夜人数を集めて、儂のもとへ来た。相手に殺すつもりがあるのだ。こちらが遠慮せずともよい。儂は己に免罪を与えて、襲い来た連中を次々と斬った。全部で六人、儂は一刀で、命を奪った」

「…………」

伊織と冴葉が唾を飲み込む音が道場にひびいた。

「斬っているときは、無我夢中だった。斬り終わったときも昂揚しか感じていなかった。これで儂は一枚剣士として腕があがったのだと思い込んでいたからな。それが崩れたのは、翌日の夜だった。浜松を後にした儂は、東海道から少し離れた無住の寺で一夜を明かしていた。血脂にまみれた太刀を手入れしていたときだ。不意に柄から人を斬ったときの感触が伝わってきた。つづいて斬られた者が発する悲鳴、血と臓物の匂いも蘇《よみがえ》ってきた。わかるか。全身が震え、すさまじい吐き気に襲われた。儂は耐えた。剣術遣いとして強くなるためには、こえなければならぬと抑え込んだ。しかし、駄目であった。人の命が消える瞬間というのは、たまらぬ。それが己の手によるものだとよりいっそうな。とくに、儂の場合は、人を斬る理由がなかったからよけいにきつかった。欲望のままと、柳生に負けた悔しさをぶつけただけだった。しかたなかったと逃げられぬ。毎晩、殺した奴が夢に出てくるのだ。手からは感触が消えてくれぬ。眠れぬ、喰えぬ。こうして儂は倒れた」

「それでどうなったのでございまするか」

伊織は身を乗り出した。

「助けられたのよ。百姓にな。倒れていた儂の面倒を見てくれた。飯を喰わしてくれ、筵《むしろ》一枚とはいえ、寝床を提供してくれた。なんとか口がきけるまで回復した儂は、訊いたのよ。なぜ助けてくれたのかを。藁《わら》を打ちながら、百姓が答えてくれた。戦がなくなったからだと。田畑を荒らされることがなくなり、男手がかりだされなくなった。年貢はきびしいが、それでも収穫は増え、食べていくことに困らない。十年前なら、身ぐるみをはいで放り出していたと言われたわ」

口の端を軍太夫がゆがめた。

「そこでやっと儂は気づいたのだ。余裕を失っていたことにな。負けを知らなかった儂が、柳生で舐《な》めた苦汁をただ流したかっただけだと。真剣勝負を知ればなどと言いながら、そのじつ、相手は己より弱い者を選んでいた。意識していなかったとはいえ、卑怯だったわけだ」

「…………」

そっと伊織は目を閉じた。

「わかったようだの」

軍太夫が伊織に声をかけた。

「侍というのは敵を倒していくら、そう理由づけようとしていた。そうであろ」

「はい」

伊織は首を縦に振った。

「しかし、それは戦国の狂気のなかなればこそ許され、誇りであった。泰平の世では、通じはせぬ」

「どういうことでございまするか」

一人冴葉が理解できていなかった。

「そなたは生涯知ることのない話よ。いや、知らずに一生暮らすことがなによりの幸せである」

回りくどい言い方で、軍太夫が黙っていろと冴葉を抑えた。

「はい」

冴葉がうつむいた。

「伊織」

「はい」

軍太夫が話を戻した。

「なんのために人を斬った」

「命じられたからでございまする」

伊織は正直に答えた。

「馬鹿め」

大声で軍太夫が怒鳴った。

「主君の命は侍にとって絶対である。それはわかる。食い扶持をもらっているのだからの。なれど、そこに己なりの想いがなければ、おぬしのしたことの意味はどうなるのだ。拾えと言われたから落ちている塵芥《ちりあくた》を掃除したより劣るではないか」

「師」

塵芥と比されて伊織は頭に血がのぼりかけた。

「いや、塵芥を処理するほうがまだましじゃ。そこには、綺麗になってよかったなという気持ちが残るからな」

「…………」

皮肉られて伊織は黙るしかなかった。

「もう一度問う」

鋭いまなざしで、軍太夫が伊織を見つめた。

「なんのために、剣を振るった」

「……家を護るため。いえ、己を守るため」

伊織も目をはずさずに応えた。

「やっとわかったか。どう飾り立てたところで剣は人殺しの道具であり、剣術はその技なのだ。そんな危ないものを教えているのは、弟子を人殺しにするためではない。なにかを護るための術《すべ》として使ってもらいたいからよ。伊織、そなたが殺した者をもし放置していたとしたら、どうなっていた。他の者が殺されたであろう。それどころか、主家が潰れたかも知れぬ。家がなくなれば千をこえる藩士が路頭に迷う。それを防いだのだ」

「……かたじけのうございます」

ときをかけて救ってくれた師軍太夫に、伊織は深く感謝した。

「ただ、これだけは忘れるな。人を殺したことを誇るな」

軍太夫が釘を刺した。

「心に刻みまする」

もう一度頭をさげて、伊織は道場を後にした。

伊織の姿が見えなくなるのを待っていたかのように、軍太夫が冴葉へ語りかけた。

「今以上の地獄に伊織は堕《お》ちるだろう。形を変えた戦に、あやつは立ちむかうことになった。冴葉、人を殺したあいつの手を握ることができるか。人の命を奪った伊織を抱きしめてやれるか。できぬならば、二度と伊織にかかわるな」

軍太夫は弟子の恋心を悟っていた。

「…………」

冴葉は応えられなかった。


松平伊豆守から呼びだされて、ふたたび阿部豊後守、堀田加賀守が参集していた。

「なにごとかの」

夕餉も出さず、いきなり密談に入った松平伊豆守へ、堀田加賀守が怪訝《けげん》な顔をした。

「これを見ろ」

同じ閨で尻の穴まで見せ合った仲である。遠慮などまったくなかった。

「これは……真田の一件か」

阿部豊後守が書付を見て言った。

「そうだ。とにかく読め」

松平伊豆守に急《せ》かされて二人が書付へ見入った。

「まことか……」

「こんなことが……」

二人が絶句した。

「真田の策略ではないのか」

堀田加賀守が述べた。

「こんな危ない嘘を吐くとは思えぬ。一つまちがえば、真田どころか本多も吹き飛ぶのだぞ」

違うと松平伊豆守が否定した。

「となれば、これはわざと奪わせたと考えるべきだな」

思慮深く阿部豊後守が口にした。

「おそらくな」

松平伊豆守も同意した。

「なぜ、そんなことを」

首をかしげて堀田加賀守が訊いた。

「上様の耳に入れようとしたのではないか」

推測を松平伊豆守が話した。

「なるほどの。上様は家康さまを崇拝しておられる。これが家康さまのなされたことならば、上様はかならず従われよう」

「土井大炊頭がどうがんばろうと、上様が諾と仰せられなければ、真田を潰せぬか。考えたな」

堀田加賀守が、感心した。

「おのれ、真田め。儂を使者にしたておった」

松平伊豆守が、吐き捨てた。

「執政を軽くあつかった罰は与えねばなるまいが、今は真田の策にのるしかあるまい。上様は隠しごとを嫌われる」

「うむ。土井大炊頭は、上様をないがしろにしておる。己が神君さまのお血筋だということを盾にな。上様を土井大炊頭の思いどおりにさせてはならぬ。上様は天下人にふさわしいお方じゃ。上様なくして政《まつりごと》が回ることはない」

阿部豊後守も首肯した。

「我らは、生きているかぎり、上様を裏切ることはない」

力強く松平伊豆守が宣した。

三人の老中にとって、幕府は家光のためにあらねばならなかった。家光こそ、すべてであった。

第五章　秘された血

一

三人の老中が集まったことは、翌朝、永道斉のもとへ報《しら》された。

永道斉に告げたのは、松平伊豆守の家臣、留守居役であった。老中の留守居役といえども、御殿坊主の力を無視することはできなかった。

役人たちの動向を教えてもらう代わりに、主の会った相手や会談の内容などをわかる範囲で御殿坊主に告げる。一種の持ちつ持たれつの関係がそこにあった。

「三人の老中がそろったか」

さすがに他人《ひと》払いがなされ、話の内容まではわからなかったとはいえ、永道斉にとっては重要な話であった。

「見張らねばならぬな」

永道斉は、下部屋を出て、奥坊主詰め所へと向かった。

奥坊主は御殿坊主のひとつであるが、中奥において将軍家の身の回りの世話をする小姓や小納戸の手伝いを任としていた。

直接将軍と触れあうわけではないが、すぐ側についていて、誰がどのような話を家光としたか知ることができた。

「わかった。伊豆守さま、豊後守さま、加賀守さまのお目通りを観察しておればいいのだな」

奥坊主組頭がうなずいた。

用件をすませた永道斉は、その足で御用部屋へと足を進めた。

「これは、組頭さま」

御用部屋坊主が、礼をした。

老中の執務する御用部屋は、たとえ若年寄、御三家であっても立ち入ることは許されていなかった。執政たちへ面会を求める者は、部屋前に控えている御用部屋坊主に取り次いでもらうのだ。

「大炊頭さまにな。下部屋でお待ち申しあげておると伝えてくれぬか」

「承知いたしました」

うなずく御用部屋坊主に頼んで、永道斉は土井大炊頭の下部屋へ戻った。

一刻（約二時間）ほどで、土井大炊頭が現れた。

「何用じゃ」

下部屋に入った土井大炊頭は腰を下ろす間も惜しいと、立ったままで訊《き》いた。

「このようなことが……」

永道斉が語った。

「ほう。伊豆守たちがか……ふむ。真田の用意した書付の内容を調べられぬか」

聞いた土井大炊頭が、新たな命を出した。

「すでに手は打ってございまする」

「さすがよな。もっとも、どのような手を真田が打とうとも、内記信政が死んでしまえば、無駄になるのだがな。そちらはどうなっておる」

冷たい笑いを浮かべながら土井大炊頭が質問した。

「手抜かりなく」

「急げ。伊豆守信之は、己の策略で御用部屋をはめたと満足しておろうからの。そこに大事な跡継ぎを殺されれば、失意は倍増しよう」

「承知つかまつりました」

低い声で永道斉が受けた。

「真田を儂の死出《しで》の土産にできたならば、戦陣坊主たちを世襲とし、二百石取りとしてくれよう」

「お目通りはかないまするか」

永道斉が一歩押した。

「ふん。安心せい。御霊屋坊主ではなく、御霊屋与力としてくれるほどに、身分も旗本よ。将軍家の御霊屋をお世話するのだ、それにふさわしい格は要るゆえな」

用件はすんだと土井大炊頭が、去っていった。

「ずいぶんと焦っておられるな」

一人残った永道斉が己のために茶を点《た》てた。

「大炊頭さまの言うとおりに動くのもよいが、ここは思案のしどころぞ。うまく立ちまわれば、二百石与力格が三百石旗本となるやも知れぬ。まずは、奥坊主の報告を聞いてからだ」

永道斉が茶を啜《すす》った。

いかに老中であっても、政《まつりごと》の最終決裁権は持っていない。御用部屋で意思統一し、家光の認可をもらわねばならなかった。

将軍の政務は午前中と決められている。松平伊豆守は、四つ半（午前十一時ごろ）に将軍家御座《ござ》の間へと伺候した。

「上様には、ご機嫌うるわしく、伊豆守、恐悦至極に存じまする」

決まった挨拶を述べて、松平伊豆守は、御座の間上段の間へと膝《ひざ》を進めた。

「伊豆守か。今日は何件ある」

寵臣《ちょうしん》の顔を見た家光が、機嫌のいい声で訊いた。

「本日お願いいたしまするは、十二件でございまする」

松平伊豆守は、背後に控えていた右筆の手元から黒漆塗りの盆を取りあげた。

右筆をともなうのは、その場で書付に変更あるいは追加することになったときのためである。盆を渡した右筆は、正面の家光を向いたまま、膝で擦るようにして、下段の間へと下がった。

「お小姓」

将軍家に近い役職である。松平伊豆守はていねいに呼んだ。

「はっ」

小姓の一人が松平伊豆守から、盆を受けとって、目より上に掲げたまま家光のもとへと運んだ。

「ご覧たまわりますよう」

松平伊豆守が平伏するのに合わせるよう、そこにいた全員が手を突いた。

「うむ」

うなずいた家光が、盆から書付を取りあげて、目を通した。

「よかろう」

一枚目を家光が認可した。

「これも……」

続けて五つの案件が通過した。

「……これは……」

書付のなかほど、七枚目を取りあげた家光が、怪訝《けげん》な表情で松平伊豆守を見た。

「ご被見願わしゅう」

顔を少し上げて、松平伊豆守が目で合図を送った。

「………」

家光が無言で読み始めた。

「伊豆守」

読み終えた家光が、寵臣を呼んだ。

「よきにはからえ」

家光が、任せると告げた。さすがに今は共寝することはなくなったが、主従以上の関係で深く結びついている二人である。寵臣の持ち込んだ秘事に、家光は疑義をはさまなかった。

「はっ。ご英断おそれいりまする」

松平伊豆守がふたたび額を畳に押しつけた。

すべての案件に家光は同意し、花押《かおう》を入れた。ただ、七枚目の案件だけが省かれ、書付は文箱に返されず、家光の手元に残された。

奥坊主が、じっと背中を見つめていたことに松平伊豆守は気づかなかった。

御用部屋へ戻った松平伊豆守は、自席に戻る前、阿部豊後守と堀田加賀守のもとを訪れ、黙ってうなずいてみせた。

それから半刻（約一時間）ほど、松平伊豆守はたまっていた案件を片づけることに没頭した。

老中の執務は多岐にわたる。唯一開かれている長崎での貿易収支から、大奥で消費される薪の値段交渉まで、あらゆる用件を扱わなければならなかった。ただ、老中の手が届く範疇《はんちゅう》は、天領のみに限定されるため、余裕を生み出そうと思えば、小半刻（約三十分）ほどの隙間《すきま》を作ることはできた。

「伊豆よ」

はかったように、堀田加賀守が顔を出した。

「おう」

立ちあがった松平伊豆守は、阿部豊後守の姿も見つけた。

松平伊豆守は、御用部屋の中央へ立った。

各老中ごとに屏風で仕切られている御用部屋の中央は、老中たちが合同協議をおこなう場として使われていた。

「ご執務中、お手数ではござるが、ご参集願いたい」

「なにかあったかの」

処理している案件が終わった者から、三々五々集まってきた。

「なんじゃ、忙しいおりに」

最後に土井大炊頭が、文句を言いながら出てきた。

「上様のご諚《じょう》でございますぞ」

不満そうな土井大炊頭に、松平伊豆守が述べた。

「……上様の。なんじゃ」

「大炊頭どの」

「………」

家光の名前を出されても、態度の変わらない土井大炊頭へ阿部豊後守、堀田加賀守らが、きびしい目を向けた。

「ふん」

しかし、土井大炊頭は、若い老中たちの怒りを鼻先で笑っていなした。

とにかく五人の老中、二人の老中首座がそろった。

「右筆、坊主ども、部屋を出よ」

松平伊豆守が、人払いを命じた。

「それほどのことかの」

老中首座の酒井讃岐守が、少し驚いた。

「ご大層なことじゃ」

土井大炊頭が、あきれた口調で言った。

右筆と御用部屋坊主が出て行くのを待って、松平伊豆守は、火箸を手にした。

御用部屋の中央には、大きな火鉢が年中据えられていた。大きさに比して、炭は少ししか入れられてない火鉢の役目は、筆談であった。他の老中、あるいは外で聞き耳をたてているだろう御用部屋坊主などに聞かせたくないとき使用される。

松平伊豆守は、火箸で「黙読」と書き、家光へ提出した書付の写しを、老中たちに回した。

「なにっ」

「これは……」

読み終えた老中たちが、次々に絶句した。

「神君家康さまと、本多忠勝どのは、このようなことを策しておられたのか」

「言われてみれば、家康さまの知恵袋とまで言われた本多正信どの、四天王の一人榊原康政どのがついていながら、関ヶ原に遅れるなどみょうだと思っておったが……」

老中たちが小声でささやきをかわした。

最後に手渡された土井大炊頭は、声こそ上げなかったが、ぐっと松平伊豆守をにらみつけた。

「これがどうしたと言うのだ」

土井大炊頭が低い声で言った。

「上様のご諚と申し上げたはず」

しゃべりながら、松平伊豆守は火鉢の灰に「真田に手出し無用」と書いた。

「伊豆守よ、この一枚の書付をそのまま上様にあげたのか。だとしたら、執政としての素質はない。ただちに御用部屋を去れ」

冷たく土井大炊頭が吐き捨てた。

「大炊頭どの。上様の目に止まったことでござる」

お平らにと酒井讃岐守が、たしなめた。

「真偽は確認いたしたのか」

酒井讃岐守のなだめを無視して、土井大炊頭が迫った。

「確認いたす手段などございますまい。真田家に問い合わせろとでも言われるか」

松平伊豆守も言い返した。

「落ち着け、伊豆」

真田の名前を口にした松平伊豆守を、阿部豊後守が注意した。

「大炊頭どのも」

ふたたび酒井讃岐守が注意した。

「すまぬ」

「わかった」

松平伊豆守と土井大炊頭がうなずいた。

「で、これのとおりに上様はご承認なされたのだな」

このままではらちがあかぬと、酒井讃岐守が老中首座として場を仕切った。

「さようでござる」

しっかりと松平伊豆守は首を縦に振った。

「ならば、なにも論議する余地もない。上様の決定は絶対であろう。土井大炊頭どの」

一同を見回した後、土井大炊頭へ顔を向け、酒井讃岐守が述べた。

「いや。上様がまちがわれたとき、それをただすことこそ我ら執政の役目である。このような真偽も定かでないものを、上様のもとへあげるような輩《やから》ではわからぬことであろうがな」

執拗に土井大炊頭が松平伊豆守へからんだ。

「これを上様に渡したのは、伊豆か」

「いかにも」

酒井讃岐守の問いに、松平伊豆守が答えた。

「なぜ、上様のお目にかける前、相談いたさなかったのか」

きびしい目で酒井讃岐守が訊いた。

「神君家康さまにかかわることは、どのような些細《ささい》なものであれ、耳に入れるようにと厳命されておりまする」

「だからと申して、偽りをお報せしてどうする」

土井大炊頭が噛《か》みついた。

「偽りとどうしておわかりになる」

「このようなもの、どうせ真田が用意した苦し紛れでしかないわ」

真田というところを土井大炊頭が強調した。

「密談の意味がないぞ、大炊頭どの」

わざとらしい土井大炊頭の態度に、酒井讃岐守があきれた。

「しかし、上様のご裁断が下ったならば、今更是非を云々《うんぬん》できぬ。伊豆守、いかに上様の命とはいえ、独断することはよろしくない。こたびのことを教訓といたせ」

「心に留め置きまする」

老中首座としての酒井讃岐守の言葉に、松平伊豆守が従った。

「上様のお声掛かりである。かの家を潰すことは、御用部屋での協議からはずす。よろしいな、土井大炊頭どの」

「いたしかたあるまい」

苦い顔で土井大炊頭も認めた。

「では、各自職務に戻られよ」

解散すると酒井讃岐守が告げた。

それぞれの屏風へ帰って一人きりになったところで、土井大炊頭が顔をゆがめた。

「儂を出し抜いたつもりでおるのだろうが……まだまだ青いの、伊豆。家光さまがどうしたところで、救いようのない手が一つあるのだ。家康さまが定められた嗣子なきは絶ゆ」

暗い顔で土井大炊頭がつぶやいた。


御用部屋坊主、奥坊主からの報告を受けた永道斉は、ほくそ笑んだ。

「おもしろくなってきた。大炊頭さまは、盛大に焦っておられることだろうよ。これで伊賀者は使えぬ。上様から禁止が言い出されたからの。となれば、唯一秀忠さまから支配を譲られた戦陣坊主たる我らに命じるしかなくなる」

永道斉は、立ちあがった。

「宗達たち御霊屋坊主に、釘を刺しておかねばならぬな。大炊頭から最大の譲歩を引き出すまで、動いては大損するとな」

大炊頭の下部屋を出て、御霊屋へ向かおうとした永道斉は、角を曲がったところで、息をのんだ。

「どこへ行く」

目の前に土井大炊頭が立っていた。

「……こ、これはご老中首座さま」

「どこへ行くと訊いておる」

あわてて頭を下げた永道斉の態度など端《はな》から見ていないかのように、土井大炊頭がもう一度問うた。

「御霊屋へ」

永道斉は隠さなかった。すでに土井大炊頭の気迫に飲まれていた。

「そうか。ちょうどよい。儂の言づても頼もう。内記のこと急げと申せ。そのあと、内記の血を引く者、すべても片づけるようにと加えるようにな」

「すべて……でございますか」

聞いた永道斉が息をのんだ。

「男子はかならず、女子も逃すな」

「は、はい」

土井大炊頭から吹き付ける圧力に、永道斉はうなずくしかなかった。

「……身のほどを知らぬと、滅ぶぞ」

背を向けた土井大炊頭が、氷の言葉を投げた。

土井大炊頭を見送った永道斉は、大きく息をついた。

「おのれ、御用部屋坊主のなかに、土井大炊頭に懐柔された者がおるな」

永道斉は、絶妙な巡り合わせを偶然と思うほどおろかではなかった。

「覚えておれ。戦陣坊主は結束が堅いからこそ、生き残ってこれたのだ。獅子身中の虫は利用するだけ利用してから、殺してやる」

殺意をつぶやきに紛らわせて、永道斉は御霊屋へと急いだ。

「そうか。急げとのご注文か」

宗達が感情のない声で受けた。

「では、両日中に内記を片づけてくれる。他の血族たちは少し後になるぞ。最初の話に入っていなかったゆえ、所在や警備の状況を調べておらぬからな」

全部同時というわけにはいかぬと宗達が言った。

「わかっておる。内記以外も早めに頼むぞ」

「無理を言う。内記をやれば、当然他の者への警固は強くなる。そのへんの犬を片づけるのとは訳が違う。我らを使い捨てする気ならば、別だが」

宗達が淡々と述べた。

「それはだめだ。戦陣坊主の補充はもうきかぬ」

永道斉は首を振るしかなかった。御殿坊主として贅沢を覚えた者に、いまさら武術の修行などできようはずもなかった。

御殿坊主のなかで唯一の力が、戦陣坊主なのだ。戦陣坊主をなくせば、御殿坊主はただの城中雑用係になり下がるしかなかった。

「なら、時期は任せてもらおう。とりあえず、内記だけは、早急に祭りあげてやる」

宗達が宣言した。

二

ようやく衝撃から立ち直った信政は、一人で信之へ面会を求めた。

「やっと来たか」

信之が笑って出迎えた。

「一人でとお願いいたしたはずでございまするが」

信之の御座の間には、太田川や新無斉他、数名の女が控えていた。

「要るからこそ、集めた。霰《あられ》、結界を」

「はい」

命じられた神祇衆《じんぎしゅう》の一人が、女たちを指揮して御座の間四方へと散った。

「これで、ここを外からうかがうことはできぬ」

「しかし……」

まだ信政は納得していなかった。

「そなたの話にかかわる者ばかりじゃ」

信之がこれ以上の議論をする気はないと告げた。

「父上が、そう言われるならば……」

不満を飲み込んで信政が首肯した。

先に口を開いたのは信之であった。

「この間の書付のことであろう」

「……はい。なかになにが書かれていたのかお教えくださいますよう」

信政が願った。

「いずれ藩とともにそなたへ譲るはずだった。そなたに覚悟ができるのを待っていたのだが、焦った妄執の輩によって早くなってしまった」

信之が寂しそうな顔をした。

「知らずにすめば、幸せだったのだがな。信吉が若くして逝ってしまったことと、幕府が、いや土井大炊頭の憎悪がすべてを狂わせてくれた」

「殿……」

気遣うように太田川が信之の顔を見あげた。

「すまぬ。愚痴であったわ。十三万石を生かすために、私情を殺さねばならぬとわかってはいるが、これ以上子の命を失いたくないと思う。愚かな父と笑ってくれ」

「いえ。親とはおしなべてそういうものでございまする。かの神君家康さまでさえ、子の将来を思えばこそ、豊臣へ牙むかれたのでござる」

今度は新無斉がなぐさめた。

「神君と並べられては面《おも》はゆいわ」

「父上」

いつまでも話を始めない父に、信政がいらだった。

「不惑をこえたにしては辛抱がたらぬ。これからの大名は、幕府の嫌がらせにどれだけ耐えられるかで、生き残れるかどうかが決まる。加賀の前田宰相どののまねをせいとはいわぬが、もう少し思慮深くなってもらわねば困る」

信之がたしなめた。

加賀の前田宰相とは二代藩主前田利常のことだ。前田利家の四男で子供のなかった兄利長の跡を継いだ利常は、幕府から目をつけられている加賀藩を存続させるために、暗愚を装った。ずっと鼻毛を切ることなく伸ばし、侮りをわざと受けた。

「……申しわけありませぬ。しかし、父上、神祇衆はわかりまするが、他の者はなぜ。とくに太田川、そなたは組頭ではないか。父上の側におる理由はないはずだ」

信政は、太田川を気にした。組頭は戦のおり、藩士たちをとりまとめる役目である。平時は、屋敷や城の警固を担う番士たちの支配役でしかなかった。

「若殿。わたくしが本多家から小松姫さまのご婚姻について参った者の家系だとごぞんじでございましょうか」

太田川が問うた。

「それくらいは知っておる。父上のご信頼が厚いこともな」

「おそれおおいことでございまする」

信政の言葉に太田川が謝意を表した。

「わたくしの家は、幕府の草でございまする」

「……なんだと」

太田川の言ったことを理解した信政が、驚愕《きょうがく》した。

「きさま、幕府の密偵だと」

「はい」

涼しい顔で太田川がうなずいた。

「父上……」

「知っていたかと訊きたいのだろ。当然じゃ」

「どういうことなのでございまするか」

ふたたび信政が、叫んだ。

「殿、そろそろ……」

新無斉が声をかけた。

「こらえしょうのない奴じゃ」

嘆息した信之が、信政の瞳をにらむように見た。

「太田川のことを含めて、すべてを聞かせてくれる。心せい」

信之が、肚《はら》をくくれと信政へ命じた。

「ことは、天正年間までさかのぼる。真田家が仕えていた武田家が滅亡した。今でも変わらぬが、天下を狙うだけの器量を持たぬ大名は、一人で領地を護ることはできぬ。誰か天下人たる器量を持つ大大名の庇護《ひご》を受けることになる。真田もそうであった。武田という傘を失った先祖は、織田、北条、徳川、上杉と状況に応じて、与《くみ》する相手を変え、生き残りを図った……」

ゆっくりと信之が話し始めた。

「やがて天下は豊臣のものとなり、真田もその一大名として安泰となった。しかし、豊臣秀吉さまには跡を継ぐ者がなかった。いや、いたが継ぐにたりるだけの経験がなかった。秀吉さまが、亡くなられたとき秀頼さまは、まだ六歳、とても天下に号令を発することなどできなかった。もちろん秀吉さまは、秀頼さまを補佐するために、五大老、三中老、三奉行を設けられたが、意味はなかった。いや、ここにそもそもの無理があったのだ」

「無理でございまするか」

信政が繰り返した。

「合議による政《まつりごと》が、機能するわけはない。しかも選ばれた十一人にはそれぞれの思惑があるのだ。本当に豊臣家のことを思っていたのは、十一人のなかで二人くらいだろう。前田利家どのと石田三成どの。しかし、前田どのは、秀吉どのの後を追うように逝き、石田どのには、力も人望もなかった。秀吉さまは、まちがったのよ。秀頼さまを生かしたいならば、天下を譲るべきではなかった。天下を家康さまに渡し、秀忠さまの娘千姫さまと婚姻をなさしめ、徳川の一門としてふさわしいだけの領地と官位をもらえるよう手配しておくべきだったのだ」

はっきりと信之は言った。

「まあ、そんなことはどうでもいい。火種を残したまま秀吉さまは死んだ。もともと秀吉さまのお人柄で天下は治まったようなものだ。その中心がなくなれば、ふたたび天下は麻のごとく乱れるのは自明のことだった。なにせ、百万石をこえる大大名だけで、徳川、上杉、毛利、前田と四家あった。ほかにも一国を持つだけの大名も多い。天下に野心を持つ者が現れて当然」

戦国は終わっていなかった。イスパニアの宣教師をして世界最強と言わしめた実戦経験豊富な兵たちがいて、武器も十二分にあった。

足軽から天下の主に登り詰める夢が、ふたたび見られるかもしれなかった。

「秀吉さまという重石《おもし》がなくなった天下は、崩れる。それを防がねば、ふたたびこの国は乱世となる。それだけではない、虎視眈々《こしたんたん》と我が国を狙っている南蛮が、手を伸ばして来かねない」

「南蛮……」

鎖国している今では、その姿を見ることもなくなっていた。

「秀吉さまが亡くなったとき、我が国は朝鮮と戦っていた。多くの兵をかの国へ送り、弾薬兵糧を無限に費やした。その痛手から、立ちなおるのに数年はかかる。その間に天下へ野望を持った者が、動きだせば、戦火は、またたくまに国中を覆う。そこへ南蛮が攻めてくればどうなると思う」

「我が国は滅びると……」

「滅びはせぬだろうな。我が国を征服するだけの兵をいかに南蛮が巨大であろうとも出せまいからな。しかし、あのころの我が国は朝鮮と明に多大な迷惑をかけたばかりだ。とても援助の手を望むことは難しい。九州の北半分は失われるだろう。いや、防長の二国も危ない。それより怖いのは、南蛮に与する者が現れることだ。豊臣によって滅ぼされた大名の末裔《まつえい》や遺臣が、南蛮と結べばどうなる。異国の侵略の先兵となった同朋と戦わねばならぬことになる。これは、どのような結末を迎えようとも、残るのは遺恨だけじゃ」

「…………」

信政が沈黙した。

「秀吉さまが死んだとき、家康さまは関東へ移されてまだ十分な仕置きができていなかった」

信之がいよいよ本題へと入った。

「父昌幸もやっと落ちついた領地をまた荒らすことを望まなかった。知っていたか、父昌幸が戦を嫌っていたことを」

「いえ」

聞いた信政が首を振った。

謀将の名をあげるとなったとき、まちがいなく真田昌幸の名前は出た。いや、筆頭であがった。少数で数倍の敵を翻弄《ほんろう》する。立花宗茂《むねしげ》が数万の薩摩兵を撃退した力と力の戦いではなく、謀略で相手を罠《わな》にはめ、勝利する。真田昌幸と一度でも戦ったことのある将は皆、そのいやらしさを身に染みさせていた。

「寡よく衆をいなす。父昌幸ほどこの言葉にふさわしい者はおらぬ。しかし、父昌幸は尊敬されず、蛇蝎《だかつ》のように嫌われた」

「蛇蝎とは、また……」

孫にあたる信政として、あまりいい気持ちのするものではなかった。

「なにせ父はほとんど勝ったことがないからの。いつも少数で護る戦いばかりをやって来た。勝ち戦とはいえ、寸土も増えぬのだからな。襲い来るのは、いつも真田より強大な者ばかり。北条であり、徳川であった。北条はすでに滅びたが、徳川は天下を取った。その徳川に苦渋を嘗《な》めさせたのだ。それでも、真田が勝って数十万石の領土を取っていたならば、まだ尊敬されただろうな。残念なことに、父が采配を振るうには時代が悪かった。あと十年早ければ、父は徳川をも制したやも知れぬ。しかし、現実は、徳川や北条を退けたにもかかわらず石高は増えぬ。父が侮られて当然だろう」

信之が苦い顔をした。

「父の評判は、どうあっても徳川が天下人であるかぎり、変わることなく、我が真田はにらまれ続ける。これは、どうしようもないことだ。そんなことはどうでもいい」

ずれかけた話を信之が戻した。

「信政、父昌幸をもっとも買っていたのは誰か知っているか」

「豊臣秀吉さまでございましょう」

考えるまもなく、信政が答えた。

「いや、秀吉さまも父を気に入ってはおられたが、買ってはおられなかった。もし、秀吉さまが、父を認めておられたならば、なんの役目も命じなかったはずはない。それこそ、五十万石と甲斐を与えておけば、徳川は江戸から出ることさえできなくなるのだ。しかし、秀吉さまは、それをなさらなかった」

「では、どなたが」

「家康さまよ」

信政の問いに、信之が述べた。

「そんな……家康さまと祖父昌幸さまは、なんども戦ったのでございますぞ」

「そうだ。なればこそ、家康さまがもっとも父昌幸の実力を知っていたのだ。そして父昌幸の願いもな」

「祖父昌幸さまの願いでございまするか」

「うむ」

ゆっくりと信之がうなずいた。

「父昌幸はな、先祖代々の信州の地、とくに沼田を永久に真田のものとして伝えていくことを望んでいたのだ。そのことを家康さまは、北条との和睦に沼田を差しだそうとして、知られたわけだ。父昌幸を上杉に走らせ、そのうえ、手ひどい敗北を何度となく味わわされることでな」

「それだけだったので。乱世であったのでございましょう。天下を手にしたいとか、百万石欲しい……」

祖父の願いの小ささに孫の信政は、落胆していた。

「父は、真田の身の丈を知っていたのだ。本国の位置、兵の質、そしてなにより米の穫《と》れ高。周囲を上杉、徳川、北条に挟まれている小国では、これ以上どうしようもなかろう。ならば潰されぬように、子や孫に大名としての地位を残してやりたいと思うのは、小さいことなのか」

きびしい叱責を信之が与えた。

「となれば、儂などもっと小さな存在よな。死ぬこともできず、ただ父と弟の遺したものを汲々《きゅうきゅう》と護り、そなたに受け継がせようとしているだけだからの。そして、それを当然として、なんの努力もしておらぬそなたは、もっと矮小《わいしょう》ぞ」

「…………」

怒鳴りつけられて信政が黙った。

「殿……」

今度は太田川がたしなめた。

「……すまぬ。つい激してしまったわ」

信之が詫びた。

「話を続けよう。秀吉さまが亡くなったとき、家康さまは、父昌幸に声をかけた。ともに乱世を防ごうと」

力強く信之が告げた。

「そのためには、どのようなことでもやらねばならぬ。家康さまと父昌幸の思惑は一致した。こうして家康さまは、天下取りに出られた」

「おかしいではございませぬか。天下取りとなれば、今の主豊臣秀頼さまを滅ぼさねばなりますまい。それこそ戦を呼ぶことでございましょう」

信政が言い返した。

「秀頼さまでは、天下が持たぬからだ。意見の異なる大名たちの合議は、端からまともに動かないことはわかっている。そして幼い秀頼さまを利用する輩も出てくる。なにより、秀頼さまのご母堂が悪かった」

「淀殿でござるか」

「うむ。淀殿は秀頼さまなくしては生きていけぬからの。すでに実家の浅井家はない。頼るだけの親族もおらぬ。となれば、息子に固執するしかない。秀頼さまを戦場に出さぬだけならまだよい。武家の頭領、天下の主として必要な鍛錬、学問さえさせぬのだ。こんな状況で育った子供が、天下人として我らのうえに君臨すればどうなる」

「失政……」

「そうだ。たちのわるいことに、大名たちは秀頼さまの父秀吉さまの魅力に従った者ばかり。どうしても秀吉さまより見劣りしてしまう。見劣りは侮りになる。偉大な父と比べられた子供が、どうなるかは、言わずともわかろう。力がないならば、そのまま萎縮《いしゅく》して消えていく。しかし、なまじ権を持つ者は、父をこえようとする。いや、こえさせてやろうとしむけられるのだ」

「……淀殿が」

「ああ。頼るべき主人、支えとなる実家《さと》をなくした女がすがるものは、我が子しかあるまい。その我が子が天下人なれば、よりな。なんとしてでも天下人としてふさわしい男とせねば、己の居場所がなくなる。ゆっくりとときをかけて鍛えていけばすむ話なのだが、三度も寄辺《よるべ》を失った淀殿は不安に耐えかねたのであろうな。性急な手段に出た。権を遣って息子が父よりすぐれているとしたくなった。その権が譲られたもので、息子が苦労して手にしたものではないということを忘れてな」

「子供が父をこえようとするのが、悪いのでございますか」

父の言葉に信政が反発した。

「我が真田くらいならば問題ない。権といったところでたいしたものではないからな。しかし、それが天下となれば、話は変わる。考えてみろ。秀頼さまに、父である秀吉さまをこえさせるとしたら、なにがいい」

「……まさか」

気づいた信政が絶句した。

「そうだ。朝鮮侵攻のやり直しよ。秀吉さまをしてとうとう朝鮮を支配することはできなかった。ならば、それをなしとげたとすれば、誰もが秀頼さまの力を認めざるをえまい」

信之が淡々と言った。

「しかし、そうなったとき、我が国はどうなる。あの秀吉さまが数十万の軍勢を派遣して成し遂げるどころか、多くの将兵を失うだけで終わった外征ぞ。戦をしたこともない秀頼さまの軍配となれば、どれほどの被害を被るかわからぬ。なにより、我らは戦に飽きていた。寸土も得られず、傷だけ受けるような戦をしたいとは思わぬ。父昌幸と家康さまの見解は一致した」

「………………」

信政は三度沈黙した。

「家康さまは、あらたに海外へ撃って出るという暴挙を避けたかった。なにせ、文禄慶長の朝鮮侵攻で、家康さまは一兵も損していない。新たに渡海するとなれば、総大将にさせられることは確実。徳川の力をそぐにつごうもよいからな。しかし、徳川は先祖代々の三河から離され、馴染《なじ》みのない関東へ移されたばかりだ。余裕などない。そして徳川さまを出すとなれば、前回渡海していない関東衆、東北の大名たちに動員が命じられる。そのなかには当然、真田も入る。真田にそんな金はない」

信之が語った。

「淀殿の暴挙を抑えるには、力を奪うしかない。かといって豊臣を滅ぼすわけにはいかぬ。豊臣恩顧の大名たちは多い。いきなり豊臣を攻めては、加藤清正どの、福島正則どのらが敵にまわるは必定《ひつじょう》。しかも戦いの場は、江戸を遠く離れた大坂ぞ。兵ものも続けられようはずはない。ここまで言えばわかるであろう」

話の内容に呆然としている信政へ信之が問うた。

「……いえ」

「なんと情けないことよ」

信之が肩を落とした。

「父昌幸と家康さまの役割くらい、理解できぬのか。淀殿の暴発を抑える役目を父が、そして豊臣恩顧の大名たちへの手回しを家康どのが、担ったのだ。家康さまは淀殿に嫌われており、父は豊臣恩顧の大名を抑えるだけの勢力にかける。当然の役目」

「はあ……」

叱られて信政がうなだれた。

「父昌幸は、次男幸村を大坂へやり、豊臣への忠誠を見せつけた。なんといっても父昌幸の策略は天下に知れわたっていた。淀殿だけでなく、大坂城を牛耳っている大野治長《はるなが》らにしたところで、戦の経験はないのだ。父昌幸は、秀頼さまを天下人として表に出すと淀殿をあおって、秀吉さまの葬儀、豊国神社の創建、中断していた豊臣家菩提寺《ぼだいじ》である方広寺《ほうこうじ》の再興などでときと金を浪費させた。そして家康さまは、朝鮮出兵で金に困った大名たちに融通してやったり、婚姻を仲介したりして、豊臣恩顧の大名たちを抑えていった。豊臣を削り、徳川方を増やす。これだけのことを二年でやってのけたのだ。どれほど二人が必死だったか。十分な根回しができたところで、上杉を挑発、関ヶ原へとなだれ込んだ」

「そこがみょうではございませぬか。家康さまと組んでいたならば、祖父昌幸さまは東軍でなければなりませぬ」

納得できぬと信政が口をはさんだ。

「父昌幸はな、万一の備えとして西軍に残られたのだ」

「万一の備えでございますか」

信政がわからぬと言った。

「東軍にとってはたんなる敵対行為でしかありませぬぞ」

「なればこそ、この密約なのだ」

信之が書付を手にした。

「それが……」

やっとたどり着いた真実を前に、信政が身を乗り出した。

「父昌幸の役目はな。徳川を負けさせぬことだ」

「はあ……」

わけがわからぬと信政が首をかしげた。

「関ヶ原は父昌幸と家康さまのしかけたものだ。十分に策は練られ、関ヶ原に参集する大名たちの数から、誰が裏切るかまで考え尽くされていた。しかし、戦にはときの運というのがある。織田信長さまの桶狭間、豊臣秀吉さまの山崎大返し、ほかにも例はいくつでもあげられよう。当然の結果からはずれた戦いというものは。父昌幸が東山道で、徳川の別働隊を足止めしたのは、万一に備えてよ」

信之が一度言葉をきった。

「もし小早川が裏切らなかったら、もし吉川が毛利本軍を抑えきれなかったら、もし福島正則ら豊臣恩顧の大名たちが敵にまわったら……万一はいくらでもある」

「そこまで読んで」

信政が息をのんだ。

「戦とはそういうものなのだ。勝ちどころと負けどころを心得ておけば、最悪の事態はさけられる。家が滅びるという最悪はな」

「関ヶ原で負ければ、徳川も滅びたと」

「当然だ。負けた者は何一つ得ることは許されぬ。思いだせ、父昌幸が得意としたのは、勝つ戦いではない。負けぬ戦いなのだ。そして、徳川を滅ぼさせぬために父がとった手段こそ、東山道での待ち伏せだった。父は、徳川の兵三万をほとんど無傷で残そうとしたのだ」

「なんと」

「たとえ関ヶ原で徳川が負けたとしても、三万の兵が無事であれば、豊臣もそう簡単に手出しはできない。実際は江戸に残した結城信康《ゆうきのぶやす》どのの軍勢もあり、五万ほどになるが、三河兵の強さは、知られている。とても秀頼さま率いる豊臣だけでどうにかできるものではない。もし、関ヶ原が西軍の勝ちとなったとき、功績の第一は誰になる。三千ほどの軍勢で三万の追加を防いだ父となろう。当然、以後の豊臣の軍事は父昌幸の意思で動くことになる」

「徳川が勝てば、豊臣は海外へ兵を出す力を失い、豊臣が勝てば、祖父昌幸が海外派兵をさせぬ」

「うむ」

「このことを秀忠さまはご存じだったのか」

「知るはずなかろう。知っていればどうしても戦に気が入らぬ。決着を延ばすだけの戦など、他人が見ればすぐにわかる。秀忠さまも、土井大炊頭も、榊原式部大輔どのも聞かされていなかった。唯一知っていたのは、家康さまの盟友で謀将本多佐渡守どのだけよ」

「では、父上はなぜ東軍へ。真田すべてが西軍となったほうが、ことはしやすかったのでは」

「これも父の遠謀よ。東軍と西軍に分かれておけば、どちらが勝っても真田が残る。姑息な手を使ったように見せかけることで、父の真意はより深く沈めることができる。さらに、家康さまと打ち合わせをするに、娘婿である儂を通じておこなえば、目立ちにくかろう」

「なるほど」

　やっと信政は納得した。

「では、もし西が勝っていたら……」

　信政が気づいた。

「……死んでいたのは儂であったろうなあ。そなたもここにはいまい」

　感情の入らない声で、信之が述べた。

「これでわかったか。本多家から付いてきた家臣たちが、皆、草でありながら、真田に忠誠をつくしてくれる理由が」

　信之の言葉に、太田川が黙礼した。

「しかし、父上、それならばなぜ祖父昌幸さまと叔父幸村さまは、最後まで豊臣についたのでございますか。徳川の功臣として別に禄をいただいて当然ではございませぬのか」

「そこが父と弟の凄いところよ。父と弟はな、豊臣があるかぎり、いや、淀殿が生きているかぎり、この国に戦乱の種は残ると……。それに秀吉さまへの詫びもある。豊臣を滅ぼすことになったという詫びもな」

それ以上信之は語らなかった。

「よくわかりましてございまする」

信政が一礼した。

「あと一つ、秀忠さまと土井大炊頭さまは、真実をご存じなのでございまするか」

「知っておるだろうなあ。本多佐渡守どのの末を見ればよくわかろう。知っていて騙《だま》したのだ。主君としては我慢なるまい。秀忠さまに遅参将軍との汚名を着せた一人だからな」

信之が告げた。

家康の刎頸《ふんけい》の友、懐刀《ふところがたな》と信頼された本多佐渡守正信は、末期《まつご》まで家康に従った。殉死ではなく家康の死の二カ月後、後を追うようにこの世を去った。生涯家康からの加増を拒み続け、功績に比して低い二万石のままであった。

その後を継いだ本多正純は家康の遺言を受けて宇都宮十五万石に加増されたが、わずか三年で改易された。日光参拝に向かう秀忠の謀殺を企てたという明らかな濡れ衣を理由にであった。

「なればこそ、真田はなんとか生きているのだ。父と弟を礎にな。真田が罪を得て潰されることはない。しかし、恨みを受けているのはたしかだ」

「真田を困窮から潰そうと、幕府はお手伝い普請を押しつけてくるのでございまするか」

「ああ。わかったであろう。そなたが儂の跡を受けてなすことが」

「はい。なにもせぬことでございますな」

しっかりと信政が答えた。

「うむ。目立たぬ。これだけを護っておれば、真田は続く。子々孫々忘れてはならぬ。下がれ」

すべてを話し終わった信之が、信政を去らせた。

「よろしかったのでございまするか、殿」

太田川が気づかった。

「すべてを話してどうするというのだ。信政は弱い。いまのあやつでは、もう一つの事実に耐えられまい」

信之が首を振った。

「江戸城で白眼視されている外様、その最たる真田の跡継ぎという荊《いばら》の座。それに耐えていられるのは、あやつが徳川四天王本多忠勝さまの血を引いているというものぞ。それがいつわりだと知ったら、信政は潰れるぞ。信政は真田の跡取りなのだ。信政に万一があれば、真田は終わる」

重い声を信之が出した。

「仁旗をつけますか」

新無斉が提案した。

「かえって伊賀者を呼ばぬか」

信之が心配した。

「伊賀者が動くのは、夜でございまする。屋敷内にいていただければ、我ら神祇衆が若殿をお守りできまするが、外では役に立ちませぬ」

登城する大名行列は戦場へ向かうものとされていた。当然、女たちを加えることはできなかった。

「その点、仁旗は馬廻り上席。若殿の駕籠《かご》回りにいておかしくはありませぬ。なにより、仁旗は人を斬りましてございまする。なにかあったときにためらうことはないかと」

強く新無斉が推薦した。

「わかった。仁旗を信政につけよ」

信之が決断した。

三

御殿坊主の顔を大名はかならず覚えなければならなかった。多くの家臣にかしずかれている藩邸や領地とは違って、江戸城内ではただ一人きりなのだ。茶を飲むにも、弁当を遣うにも御殿坊主の手を借りることになる。十分な鼻薬を嗅《か》がせたうえで、顔と名前を覚えておかなければ、どんな嫌がらせを受けることになるかわからない。

しかし、御霊屋坊主だけは別であった。家康と秀忠、二人の将軍の霊に仕える御霊屋坊主は、決して表に出ることはない。さらに家康や秀忠の命日は、増上寺や寛永寺などの菩提寺でおこなわれるため、大名たちは江戸城奥の御霊屋へ参拝しなかった。

御霊屋坊主の顔を大名たちは知らないのと同じく、御霊屋坊主も大名の顔を見たことはなかった。

「あれが真田内記か」

宗達が、登城してきた信政の顔を確認した。

「城中でやるなよ」

隣にいた永道斉が釘を刺した。

大名が江戸城内で殺されれば、大目付以下多くの役人が動く。ことと次第によっては、咎《とが》を受ける者が出た。

「わかっておる。登城あるいは下城で廓内《くるわ》を出てからならいいな」

「ああ。できれば、老中方の屋敷から離れてからにしてくれ」

「ふん。見栄か」

永道斉の頼みに宗達が鼻先で笑った。

「大名行列が屋敷の前で襲われているのに、加勢しなければ臆病のそしりを受ける。かといって手出しをしては、騒動の咎めがきかぬでな」

「しかたないな。真田の屋敷近くでやってくれるわ」

「屋敷内でなんとかならぬか」

「無理を言うな。戦陣坊主は二人ぞ。それで屋敷内へ入り込んで藩主を殺せるわけなかろう。伊賀者の失敗をどう見ておるのだ」

無茶な永道斉の言いぶんに、宗達があきれた。

「我らに死んでこいと言うのだな」

「そうではない」

宗達の言葉に、永道斉は頭をさげた。

「委細は任せろ。おまえは、大炊頭の髭《ひげ》のちりでも払っているがいい」

冷たく言い捨てて、宗達が背を向けた。

御霊屋へ戻った宗達は、もう一人の仲間深泉を誘った。

「いけるか」

「今日か。うむ。よかろう」

深泉がうなずいた。

「酒も飲んだ、女も抱いた、子も作った。思い残すことはもうない」

「だの」

二人が顔を見あわせた。

「徳川を護った証《あかし》として、我らは、秀忠さまの御霊屋後ろに葬られる。将軍家とともに祀られるのだ。名さえ残らぬが、よしとするしかあるまい」

「ああ。では、最後のご奉仕といくかの」

深泉が布を手に、御霊屋を磨き始めた。

月次《つきなみ》で登城させた大名たちの扱いは、幕府にとって面倒以外のなにものでもなかった。雑用をこなしてくれるわけでもない大名たちに、長く居座られては、かえって邪魔である。大名たちの下城は役人たちより早かった。

「お先に」

「おつかれさまでござった」

「では、近々宴席でも」

「お誘いお待ちいたしておりますぞ」

口々に挨拶をかわして大名たちが、部屋を出ていった。

真田内記信政も、立ちあがった。真田内記は松代藩の世子であり、松代支藩の大名でもある。父信之も登城しているが、座する間が違い、登城中に顔をあわすこともなかった。

「わたくしも、これにて」

残っている数名の大名へ、軽く頭をさげると信政は部屋を出た。

大名たちの下城はいっときに重なる。多くの大名たちと並ぶように城中から大手門まで出た信政は、広場で待っている家臣たちのもとへと進んだ。

「お帰りなさいませ」

行列を差配する用人が、信政を出迎えた。

「うむ。大儀である」

鷹揚《おうよう》にうなずいて、信政は駕籠へ乗った。

「発《た》つぞ」

大手門前である。大名といえども派手なまねは遠慮しなければならない。静かに行列が動き始めた。

江戸城下で、大名行列は静謐《せいひつ》で声をあげなかった。

一万石ていどの行列は、総勢あわせたところで二十名ほどの小さなものである。庶民たちも、気にすることなく行列の前後を渡っていく。まれに平伏して見送る者もあるが、松代から江戸へ出て来た商人や百姓であり、江戸の庶民たちは外様大名など歯牙にもかけていなかった。

なれない信政の駕籠脇で伊織は緊張していた。斬馬衆という役目は、藩主世子の行列の供をするものではない。動かない本陣の守りこそ任なのである。

「信政さまの側につけ。ただし、登下城のおりのみ。それ以外は中屋敷で控えておれとのことじゃ」

いまだ居座り続けている霞から言われて以来、伊織は戸惑っていた。伊織の価値は、先日の伊賀者との対峙で使ったように、大太刀を用いての防衛である。しかし、屋敷の外では大太刀を持つことが禁じられている。現に伊織が帯びているのは、定寸の太刀と脇差であった。

「ためらうな」

今朝長屋を出るとき、妻のように門まで見送った霞が告げた言葉も引っかかっていた。

「将軍家お膝元で行列を襲う者がいるとでも言うのか」

伊織は独りごちた。

行き帰りともずっと気を張っていた伊織は、麻布谷町の上屋敷が見えたことで、ほっと一息ついた。

屋敷まであと二町（約二百二十メートル）ほどとなったところで、宗達と深泉が現れた。墨衣《すみごろも》に編み笠をかぶった姿は、托鉢《たくはつ》に出ている僧侶そのものである。行列の先頭は気にすることなく、左右に分かれて立ち止まった宗達と深泉の間へ割って入った。

戦陣坊主の恐ろしさは、殺気を発しないことだった。戦の神への生け贄《いけにえ》として捧げる祀《まつ》りをつかさどってきたのだ。人の命も供物でしかない。

「南無阿弥陀仏」

二人の僧侶はみごとに唱名を合わせていた。六尺（約一・八メートル）近い錫杖《しゃくじょう》を鳴らしながら、僧侶二人は読経《どきょう》を続けた。

ちらと僧侶を見た伊織も、殺気のなさを確認しただけで、顔を戻した。

大名行列は、一定の歩幅で普通に歩くよりもゆっくりとした速度で進む。権威を見せつけるためというのもあったが、急ぐと駕籠に乗っている藩主がたまらないのだ。大名の乗り物には、町駕籠のようにぶら下がる紐などない。駕籠のなかの藩主は足を崩すこともできず、じっと座っているだけである。この状態で駕籠を揺らされてはたまったものではない。

あと一間《けん》（約一・八メートル）で信政の乗った駕籠が、僧侶の目の前につく。駕籠脇に付いていた伊織の目に、僧侶二人がさりげなく錫杖を持つ手の位置を下げるのが見えた。

「ためらうな」

ふたたび伊織の脳裏に霞の言葉が浮かんだ。

伊織は鯉口《こいぐち》を切った。

僧侶が用いる錫杖には、先端に金《かね》がはめてあった。そこにいくつかの金輪を通し、触れあわせることで独特の音を出す。問題は先端の金であった。仏具にはもともとインドの武器から転じたものが多い。鋭く尖った錫杖の先端は、まるで槍であった。

二人の僧侶と駕籠が重なった。

「……阿弥陀仏」

声を合わせ、同時に僧侶こと戦陣坊主が錫杖を繰り出した。

「…………」

僧侶を見ていた伊織は、左右から襲う錫杖をともに払うことはできないと判断し、太刀を抜き撃った。

「ええええい」

伊織は渾身《こんしん》の力を刀にのせた。

「わああ」

信政の駕籠をかついでいた陸尺《ろくしゃく》が、腰を抜かした。伊織は駕籠の後ろ棒を付け根から切断していた。

後ろの支えを失った信政の乗った駕籠が後ろに傾き、大きな音をたてて地にぶつかった。

「あつっ」

駕籠のなかで尻を打った信政がうめいた。

「なんだ」

一瞬、行列の誰もが、起こった事態に対応できなかった。

「しまった」

最初に我に返ったのは、宗達であった。

宗達と深泉の錫杖は、普通に駕籠が動いているときに合わせて突きだされていた。駕籠が後ろに傾かなければ、錫杖は信政の胸を貫くはずであった。しかし、錫杖が信政にあたる寸前、駕籠がずれ、なかにいた信政も後ろへ転んだかたちになった。ために扉を破った錫杖はむなしく空を突く結果となっていた。

「ちっ」

伸びきった錫杖で駕籠のなかをひっかきまわしたところで、信政に致命傷を与えることは難しい。

宗達と深泉が、錫杖を手元に引いた。

「慮外者でござる」

据えもの斬りに、駕籠の担ぎ棒を斬った伊織は、大声で叫びながら、目の前にいる宗達へ向かって太刀を振った。

「……はあぁ」

宗達が駕籠から抜けたばかりの錫杖を天へと撥《は》ねさせた。

「……おうや」

はずされたと知った伊織は、その場で太刀を止めた。大太刀を止めるならば、全身の力を要するが、普通の刀なら腕の力だけで十分であった。

「邪魔をしおって、この罰当たりめが」

憎々しげに宗達が怒鳴った。

「我らが贄は、きさまにあらず」

伊織の相手をせず、宗達が錫杖を駕籠目がけて落とした。

「させぬ」

太刀で伊織は錫杖を受け止めた。

甲高い音がして、錫杖と太刀がぶつかった。

「ぬん、ぬん、ぬん」

止められた錫杖を小さく振りあげて、宗達が何度も伊織の太刀にぶつけた。

「くっ、くうう」

伊織は耐えるしかなかった。太刀を除《の》ければ、錫杖が信政の乗る駕籠を撃つ。

「こやつら」

駕籠脇を固めていた近習《きんじゅ》たちが、ようやく対応し始めた。

数人の近習が、駕籠を護るように立ちふさがった。

「めんどうな」

ちらと表情を変えた深泉が、錫杖を小脇に抱えた形で、左足を軸として回った。

錫杖の先が槍の穂先のように、立ちふさがっていた近習の腹を薙《な》いだ。

「ひうう」

描かれた円の頂点にいた近習の腹が、大きく口を開けて血をこぼした。腹を押さえて、近習が前のめりに倒れた。

「大西《おおにし》」

別の近習が叫んだが、己も浅いとはいえ腹に傷を負っていた。助けあげることも、できた穴を埋めるも無理であった。

「必勝祈願」

無防備となった駕籠目がけて、深泉が錫杖を撃ち込むべく、一度たぐり寄せた。

「しゃっ」

突きだされた錫杖を、止めるものがあった。

「なんだ」

深泉が目を疑った。

錫杖をさえぎったのは、やたら肉厚な鞘《さや》であった。

「ちっ」

一瞬の戸惑いが、深泉の好機を潰した。倒れた近習の代わりが行列の前後から集まってきた。

「坊主、何者だ」

太刀を抜いて近習が近づいてきた。

「やれ、祭事のときではなかったか」

嘆息した深泉が、背を向けた。

「逃がすな」

数人の近習が太刀を抜いて、追いかけた。

「やめよ。若殿の側を離れるな」

行列を差配していた用人が止めたが、興奮している近習たちに届かなかった。

「よくも若殿を」

同僚を殺され頭に血がのぼった近習たちは駕籠脇を空けてまで、深泉へ復讐すべく走っていった。

「…………」

伊織と宗達のぶつかり合いは続いていた。しかし、動けない伊織に状況は不利であった。いかに太刀が鍛鉄でできているとはいえ、何度も同じところを叩かれては、もたない。伊織の太刀は、峰に小さな亀裂を生じていた。

「大太刀があれば……」

錫杖と太刀では間合いが違いすぎた。六尺の錫杖と二尺七寸（約八十一センチメートル）しかない太刀の差は、踏み出しにしてわずか一歩か二歩である。しかし、宗達に近づくあと二歩が、伊織には無限と思えるほど遠かった。

落ちてくる錫杖をかわせれば、居合いの足運びでこのていどの間合いなど一息で消せるが、それは、駕籠を護るのを放棄することであった。

さらに近習たちが深泉に向かってしまったのが大きかった。宗達のことを伊織へ任せ、手薄となった駕籠の反対側へいっせいに走ってしまった。

「若よ」

そこへ弥介の声とともに、見なれた柄が差しだされた。

「弥介か……」

伊織は歓喜した。たりなかった半身を取りもどした気がした。

斬馬衆というのは、二人で一つとあらためて伊織は理解した。

しかし、間を空けない宗達の連撃のさなか、武器を交換することは容易ではなかった。

「………」

太刀がもう少し持ってくれることを、伊織は祈った。

「ぬん、ぬん、ぬん」

宗達が、変わらぬ勢いで太刀を叩いた。叩けば、一度錫杖を上げなければならない。その刹那《せつな》の呼吸を伊織ははかった。

ほんの少し、伊織は腰を落とした。太刀から左手を離した。大太刀を自在に振るう伊織である。太刀など片手で十分支えられた。

左手で伊織は脇差を摑《つか》むと、鞘ごと宗達目がけて投げつけた。

飛んできた脇差を錫杖の石突きで、宗達が受けた。見事な動きだったが、錫杖は一瞬天に向かった状態で止まった。

「おうやああ」

持っていた太刀を捨てると、伊織は大太刀の柄を摑んだ。鯉口を切ることなど考えていなかった。弥介がしてくれていると信じていた。

「りゃあ」

合わせて弥介が鞘を引いた。

「なんの」

宗達が応じた。

落とす錫杖と横に薙ぐ大太刀で、どちらが早いかなど考えるまでもない。

「戦勝成就」

大きく叫んで宗達が錫杖を振った。

「……おう」

一歩踏み出しながら、独特の気合いを発して、伊織は抜いた大太刀を、右肩から突っ込むように薙いだ。

甲高い音がして、大太刀と錫杖がぶつかった。

勢いで大太刀に勝つものはない。

伊織の一撃は、錫杖を斜めに斬り落とし、余った勢いで宗達の胴を存分に裂いた。

「馬鹿な……」

日の光をうけてみょうに輝く臓腑《ぞうふ》を垂らしながら、宗達が手に残った錫杖を見た。

「打ち下ろす杖より、薙ぐほうが早いなぞ……」

最後まで宗達の言葉は続かなかった。

先に地についた臓腑を追って、宗達の身体が落ちた。

「斬馬衆の力、見たか」

伊織は思わず、口にしていた。

「拭いを」

弥介が駆けよって、鹿革で刀身を拭いた。

「若殿」

脅威が去ったことを確認した用人が、駕籠の扉を開けた。

「なにがあった」

なかから出て来た信政が、惨状を目のあたりにして絶句した。

「余を狙ったのか」

「おそらく……」

用人が答えた。

「大西……」

すでにこときれた近習へ、信政が手を合わせた。

「お声をかけてやってくださいますよう」

駕籠の反対側を用人が、目で示した。

「仁旗が、駕籠の棒を斬り落とし、刺客の一人を葬り去りましてございます」

言われて信政が、駕籠ごしに伊織を見た。

「また……ぐえ」

言いかけた信政が、詰まった。血まみれで倒れた宗達を目にして、信政は嘔吐《おうと》した。

「若殿」

あわてて用人が信政を支えた。

「ご用人どの、若殿をお屋敷へ」

伊織は、信政の保護を優先すべきだと告げた。

「一同、若殿を囲め。お屋敷までお拾い願う」

用人が叫んだ。

駕籠は伊織によって使いものにならなくなっていた。

「三名ほど残れ。すぐに藩邸より人を出す。怪我をした者の手当と、もう一人の坊主を追っていった愚か者どもを集めておけ」

指示を出して用人が、歩き出した。

「申しわけございませぬ」

一行が離れてから、弥介が詫びた。

「なにがだ」

謝られる理由がわからないと伊織は首をかしげた。

「御鞘を傷付けてしまいました」

弥介が、鞘のなかほどを指さした。

そこには錫杖を受け止めたことでできた、亀裂があった。

「しかたないことだ」

伊織はそう言うしかなかった。

大太刀は伊織のものではない。藩から預けられている武器である。その管理を任されているとはいえ、求められれば完全な形で返還しなければならないのだ。

「殿のお言葉を待つしかあるまい」

預けられたものだけに、勝手に修理するわけにもいかなかった。なにより、製造を禁じられている大太刀である。鞘とはいえ、修理や新製は難しかった。

「こちらも駄目だな」

変形して二度と使えなくなった太刀を伊織は拾いあげた。

先祖から譲られた太刀は、伊織が家督を継いだときからずっと使い続けてきたものであった。銘刀ではなかったが、戦国の末に鍛えられたなかなか重厚なもので、伊織は愛着を持っていた。

「それより、どうして、ここへ」

弥介が現れる理由に、伊織は思いあたらなかった。

「霞さまでございまする」

「……霞どのが」

意外な名前に伊織は首をかしげた。

「行列が襲われると、霞どのは知っていたのか」

伊織は、思わず弥介を咎めるような勢いで問うた。

「まさか、いくら神祇衆とはいえ、それは無理でございましょう」

弥介が、伊織の勢いを軽くいなして笑った。子供のときから見てきたのだ、弥介にとって伊織は手のかかる弟みたいなものであった。

「霞さまが心配なされていたのは、伊賀者の復讐でございまする」

「伊賀者か……」

忘れていたわけではなかった。伊織にとって人の命を奪うという最初の経験をさせられた相手である。それを乗りこえるのに、伊織は重ねてきた剣の修行以上の苦労を強いられたのだ。

「仲間を殺された伊賀者の執念は、すさまじいとか。かならず仇を討ちに来ると霞さまは語られ、わたくしに大太刀を持って、伊織さまのあとにつくよう言われたのでございまする」

「ずっとか」

「はい」

弥介が首肯した。

「そうか。すまぬな」

伊織は礼を言った。

「若殿は」

そこへ、深泉を追っていった連中が戻ってきた。手にはまだ抜き身を下げていた。

「お屋敷へお戻り願いましてござる」

残った者のなかでもっとも格上となった伊織が答えた。

「そうか、ならば我らも」

屋敷へ向かおうとする近習たちを、伊織は止めた。

「ご用人さまより、ここに留《とど》まり指示を待つようにとのお達しでござる」

近習と馬廻り上席では、藩主に近いだけ近習が上になる。伊織は命令を伝えるしかできなかった。

「若殿の無事もわからぬのに、このようなところで待っておれるか」

伊織の言葉を聞かず、近習たちが屋敷へと駆け出した。

「よろしいので」

残っていた陸尺が訊いた。駕籠をかくのが仕事の陸尺である。なかに人のいるいないは関係なく、駕籠の側で待機するのが任であった。

「止められるわけなかろう。若殿の安否を理由にされてはな」

あきらめた口調で伊織は、告げた。

「若、そろそろ」

弥介が伊織に声をかけた。

「大太刀を鞘に戻しませぬと、見られては……」

幕府から大太刀の使用が禁じられている。所有については禁令が出ていないとはいえ、抜き身で持っていてはただではすまない。なにより、血脂がべったり付いているのだ。言いわけができようはずもなかった。禁じられている大太刀の使用、それだけで真田が潰れるわけではないが、かなりの難題を押しつけられても受けいれざるをえない。

「そうであったな」

伊織は、大太刀を水平に置いた。弥介が中腰で寄って、鞘をはめた。

「やっと来たか」

藩邸から戸板を抱えた足軽たちが駆けてくるのが見えた。

信政への襲撃は、真田家に大きな揺らぎをもたらした。

「禁じ手を使ってきたか、土井大炊頭もせっぱ詰まってきおったな」

一件を訊いた信之は、大きく嘆息した。

「真田が憎いのはいいが、お膝元でこのような馬鹿をしでかすとはな」

いくら人気《ひとけ》のない武家町といえども、あれだけの騒ぎを隠しおおすことはできなかった。真田家は知らぬ存ぜぬで押しとおしたが、幕府の目を引きつけてしまったのはたしかであった。

「信政はどうしておる」

「熱発なされ、奥にてお休みなされておられまする。お食事もまったくお進みでないとか」

太田川が告げた。

「本多も土井大炊頭のやることに、驚愕しておりまする。真田の次は、本多ではないかと危惧《きぐ》なされておられるようで」

「申しわけないことだな。本来本多家にはなんのかかわりもないことであるにな」

城中でしか顔をあわせることのない本多甲斐守忠朝へ向かうように、信之が小さく頭をさげた。

「しかし、情けないことよな。大名も武士ぞ。人の死で衝撃を受けるとは……」

情けないと信之はため息をついた。

「まだまだ隠居はできぬ。せめて、土井大炊頭の死を見届けねば。このまま信政に譲っては、真田は一年もたぬ」

疲れきった表情で、信之は目を閉じた。


かろうじて逃げかえってきた深泉が報告してきたことで、宗達の死と暗殺の失敗を、すぐに永道斉は知った。

「やれ、気の重い」

永道斉は、ぼやきながらもただちに土井大炊頭へ、その旨を告げた。

「そうか」

土井大炊頭はあっさりとうなずいた。

「申しわけもございませぬ。ですが、このままですませることはありませぬ。戦陣坊主の生け贄は、戦いの神に捧げるもの。かならず真田内記どのを血祭りに……」

決意を口にした永道斉を、土井大炊頭がさえぎった。

「やりたければ、やるがいい。次は仕留めてから顔を出せ。御霊屋坊主がどうなろうと、儂はもう知らぬ」

冷たく土井大炊頭が、永道斉に告げた。

土井大炊頭は、戦陣坊主を見かぎったと宣言したのであった。しかし、そのまま終わらすわけにはいかなかった。老いたりとはいえ、土井大炊頭が幕閣の権力を握っていた。権力者に見捨てられた走狗《そうく》の末期など、悲惨以外のなにものでもない。

「御殿坊主の全力をあげて挑みまする」

「用はすんだ」

決死の覚悟も土井大炊頭はあっさりと片手で払った。

「……はっ」

背筋に汗を掻《か》いて永道斉は、土井大炊頭のもとから下がるしかなかった。

「幕府もたががゆるんだかの」

永道斉を追い出して、土井大炊頭が独りごちた。

「しかし、家康さまも要らぬことをしてくださったものよ。真田ごときの力を借りずとも、豊臣を滅ぼすことなど簡単であった。女子供を掲げているような連中に、我らが負けるはずなどない。豊臣恩顧の大名といったところで、一人一人を潰していけば、すむことであった。たった一人の子供しか残せなかった豊臣と違い、徳川には、秀忠さまをはじめ、何人の男子があったか。すべてが死んだとしても、儂がおったではないか。神君でございとあがめられていても、やはり家康さまも歳に追われたということか。己が生きている間に天下を手にしたい。一生の花道を望まれたのだろうが……真田を巻き込んだお陰で、徳川の天下に小さいとはいえ、傷が残った」

土井大炊頭の目が冷たく光った。

「儂の目の黒いうちに傷は塞《ふさ》いでおかねばならぬ。とりあえず、真田には罰を与えてくれねばの。儂に苦い思いをさせたのだ」

御用部屋へ戻った土井大炊頭は、松平伊豆守を呼んだ。

「大井川の堤防お手伝い普請は、真田ではなく、藤堂にさせるが妥当でござろう」

「よろしいので」

言われた松平伊豆守が驚いた。

「上様のご意向もあるでな。真田を潰すわけにもいくまい」

土井大炊頭が述べた。

「では、さっそくに……」

立ちあがりかけた松平伊豆守を土井大炊頭が止めた。

「ああ。待て。代わりに真田へは、江戸の惣堀浚《さら》いを命じる」

「なんと、たった今、真田を潰さぬと……」

松平伊豆守が、息をのんだ。

「このていどなら潰れまい。真田にも罰を受けてもらわねばならぬ。言わずともわかっておろう。伊賀を手にした伊豆守どのよ」

「……手配いたしまする」

皮肉られた松平伊豆守は、そう答えるしかなかった。

寛永十五年(一六三八)、正月早々、真田家に新たなお手伝い普請が命じられた。


(下巻につづく)

本書は2009年10月徳間書店より刊行されたものの新装版です。

徳間文庫

斬馬衆お止め記（上）

御《み》盾《たて》

〈新装版〉

2018年2月15日 初刷

著者 上《うえ》田《だ》秀《ひで》人《と》

発行者 平野健一

発行所 株式会社徳間書店

東京都品川区上大崎三−一−一
目黒セントラルスクエア 〒141−8202

電話 編集〇三（五四〇三）四三四九
販売〇四八（四五一）五九六〇

振替 〇〇一四〇−〇−四四三九二

印刷 凸版印刷株式会社

製本 ナショナル製本協同組合

ISBN978-4-19-894307-3 （乱丁、落丁本はお取りかえいたします）

上田秀人「織江緋之介見参」シリーズ

第一巻 悲恋《ひれん》の太刀《たち》

天下の御免色里、江戸は吉原にふらりと現れた若侍。名は織江緋之介。剣の腕は別格。彼には驚きの過去が隠されていた。吉原の命運がその双肩にかかる。

第二巻 不忘《わすれじ》の太刀《たち》

名門譜代大名の堀田正信が幕府に上申書を提出した。内容は痛烈な幕政批判。将軍家綱が知れば厳罰は必定だ。正信の前途を危惧した光圀は織江緋之介に助力を頼む。

第三巻 孤影《こえい》の太刀《たち》

三年前、徳川光圀が懇意にする保科家の夕食会で起きた悲劇。その裏で何があったのか——。織江緋之介は光圀から探索を託される。

第四巻 散華《さんげ》の太刀《たち》

浅草に轟音が響きわたった。堀田家の煙硝蔵が爆発したのだ。織江緋之介のもとに現れた老中阿部忠秋の家中は意外な真相を明かす。

第五巻 果断《かだん》の太刀《たち》

徳川家に凶事をもたらす禁断の妖刀村正が相次いで盗まれた。何者かが村正を集めている。織江緋之介は徳川光圀の密命を帯びて真犯人を探る。

第六巻 震撼《しんかん》の太刀《たち》

妖刀村正をめぐる幕府領袖の熾烈な争奪戦に織江緋之介の許婚・真弓が巻き込まれた。緋之介は愛する者を、幕府を護れるか。

第七巻 終焉《しゅうえん》の太刀《たち》

将軍家綱は家光十三回忌のため日光に向かう。次期将軍をめぐる暗闘が激化する最中、危険な道中になるのは必至。織江緋之介の果てしなき死闘がはじまった。

全七巻完結

上田秀人「お髷番承り候」シリーズ

将軍の身体に刃物を当てるため、絶対的信頼が求められるお髷番。四代家綱はこの役にかつて寵愛した深室賢治郎を抜擢。同時に密命を託し、紀州藩主徳川頼宣の動向を探らせる。

一 潜謀の影 (せんぼうのかげ)

「このままでは躬は大奥に殺されかねぬ」将軍継嗣をめぐる大奥の不穏な動きを察した家綱は賢治郎に実態把握の直命を下す。そこでは順性院と桂昌院の思惑が蠢いていた。

二 奸闘の緒 (かんとうのちょ)

将軍継嗣をめぐる弟たちの争いを憂慮した家綱は賢治郎を密使として差し向け、事態の収束を図る。しかし継承問題は血で血を洗う惨劇に発展——。江戸幕府の泰平が揺らぐ。

三 血族の澱 (けつぞくのおり)

紀州藩主徳川頼宣が出府を願い出た。幕府に恨みを持つ大立者が沈黙を破ったのだ。家綱に危害が及ばぬよう賢治郎が目を光らせる。しかし頼宣の想像を絶する企みが待っていた。

四 傾国の策 (けいこくのさく)

賢治郎は家綱から目通りを禁じられる。浪人衆斬殺事件を報せなかったことが逆鱗に触れたのだ。事件には紀州藩主徳川頼宣の関与が。次期将軍をめぐる壮大な陰謀が口を開く。

五 寵臣の真 (ちょうしんのまこと)